달빛 조각사

달빛 조각사 25

2010년 10월 19일 초판 1쇄 인쇄
2010년 10월 22일 초판 1쇄 발행

지은이 남희성
발행인 이종주

편집장 손수지
기획 팀 김명국
책임 편집 이세종

발행처 (주)로크미디어
출판등록 2003년 3월 24일
주소 서울시 용산구 청파동3가 119-2 진여원BD 5층
Tel (02)3273-5135 **Fax** (02)3273-5134
홈페이지 rokmedia.com · **E-mail** rokmedia@empal.com

ⓒ 남희성, 2007

값 8,000원

ISBN 978-89-257-1617-6 (25권)
ISBN 978-89-5857-902-1 04810 (세트)

이 책은 (주)로크미디어가 저작권자와의 계약에 따라
발행한 것이므로 본서의 내용을 무단 복제하는 것은
저작권법에 의해 금지되어 있습니다.

작가와의 협의에 의해 인지는 생략합니다.
잘못된 책은 바꾸어 드립니다.

남희성 게임 판타지 소설

차례

바드레이의 신위 7

그라페스 39

자하브의 예술품 85

자하브가 남기고 싶은 조각품 115

검술의 비기 147

조각상에 남겨진 광휘의 검술 173

로자임 왕국의 늙은 시녀 199

이베인 왕비의 일기장 237

엠비뉴 교단의 습격 261

세라보그 성 탈출 작전 287

바드레이의 신위

위드와 검치 들, 사제들, 성기사들 앞에는 보물이 산더미처럼 쌓여 있었다.

바르칸과 불사의 군단을 처단하고 획득한 방대한 금은보화와 골동품, 장비 들!

"우와, 정말 나눠 주시는 거예요?"

"수십만 골드도 더 되겠다. 갑옷까지 다 처분하면 100만 골드도 넘는 거 아니야?"

유저들은 너무나도 기뻐했다.

"이거 받으면 정말 대박이겠다. 모라타에 별장이라도 한 채 지을 수 있겠는데."

"위드 님 덕분에 우리가 이렇게 사냥에 성공했으니까 고마운 마음을 잊으면 안 되지. 고맙습니다."

"다음에도 이런 사냥거리 있으면 끼워 주세요. 위드 님이 부르시면 언제라도 달려올게요."

성기사와 사제 유저들로부터 감사의 인사를 들을 때마다 위드는 속이 부글부글 끓었다.

'이래서 착한 사람들은 오래 살지 못하는 거군!'

손안에 들어온 재물을 공평하게 나누어 주어야 하다니, 화병으로 단명하는 것은 아닐까 하는 의문.

"한 분씩 자기 몫을 받아 가세요."

마판과 몇 명의 유명한 성기사들이 보물 더미에서 금과 은의 무게를 재서 유저들에게 나눠 주는 역할을 맡았다. 전투 중에 개개인이 획득한 전리품은 어쩔 수 없지만 불사의 군단 성채에 있던 보물들은 참여한 인원수에 따라서 공정하게 분배하기로 했다.

"한동안 돈 벌기 위한 사냥은 안 해도 되겠다. 오늘은 실컷 먹고 마셔야지."

"마법 화살을 잔뜩 사서 사냥할 수도 있겠구나. 만세!"

유저들은 금은보화를 받고 기뻐하면서 위드에게 고마움의 뜻을 표시했다.

'이건 악몽이야. 눈을 감았다가 뜨면 모두 사라지고 없어질 거야.'

위드의 속은 까맣게 타들어 갔다.

정말 눈을 질끈 감았다가 떠 봤지만, 금은보화를 받고 기뻐하는 험상궂은 전사의 얼굴이 보였다.

술, 담배, 마약보다 건강에 해롭다는 재물 나눠 주기!

쌓여 있는 금은보화가 줄어들 때마다 위드는 피가 바짝바짝 마르는 기분이었다.

어쨌든 불사의 군단을 해치우고 얻은 재물의 3할은 위드의 몫이었다. 그것만 해도 천문학적인 금액이라고 할 수 있었고, 어려운 전투를 승리로 이끈 것을 모두 서로 축하했다.

이현은 저녁밥을 먹으면서 보기 위해서 텔레비전을 켰다.

주로 보는 방송 채널은 오래전부터 KMC미디어였다. 방송 출연도 자주 했을 뿐만 아니라 진행도 깔끔하고 유용한 정보들을 많이 알려 주기 때문이었다.

"여기 쌓여 있는 보물들을 좀 보십시오. 아침부터 점점 줄어들고 있네요. 전쟁의 신 위드가, 같이 싸웠던 유저들에게 정말 나누어 주고 있습니다."

"위드는 약속을 지켰군요."

"그렇습니다. 얼마나 보기 훈훈한 광경입니까. 바르칸을 안식으로 돌려보내고 불사의 군단을 격파한 전쟁의 신 위드! 대단하다고 하지 않을 수 없습니다."

밥맛이 뚝 떨어졌다.

　　　　　　　　◈

 불사의 군단의 보물 나누어 주기도 베르사 대륙에는 엄청난 화제가 되었다.
 처음부터 그렇게 하기로 했던 것이지만, 정말 나누어 준다. 거짓과 사기, 불신이 횡행하는 세상에 이렇게 정직할 수 있다니!
 베르사 대륙의 미담으로 남을 만한 일이었다.
 위드도 솔직히 혼자서 챙기고 싶은 마음이 한겨울에 뜨겁게 타오르는 굴뚝 같았다. 그래도 바르고 성채를 얻었고, 루 교단의 성검도 임시로 획득했다는 것으로 위안을 삼았다.
 "감정!"

루의 검 : 내구력 140/140. 공격력 165~317.
신이 인간들을 위해 내린 검.
오랫동안 리치 바르칸의 몸에 박혀 흑마력을 억제하는 역할을 맡아 왔다.
검이 태양의 힘을 되찾으면 루의 교단은 신의 무기를 되찾을 수 있으리라.
제한 : 루의 교단 성기사.
　　　　신앙 1,350 이상.

교단의 허락을 받은 자만 사용할 수 있음.
옵션: 어둠의 마나를 억제.
신앙심으로 전투 중에 기적을 일으킴.
절대 파괴되지 않음.
중급 이하의 몬스터들을 굴복시킴.

*나머지 옵션은 확인 불가능.

 물론 루의 교단에 돌려주어야 하는 물건이었다.
 "루의 교단은 모라타에도 있으니까, 그곳에 돌려주면 되겠군."
 바르칸에게 마지막 공격을 했던 검백이십일치에게 받아서 위드가 잠깐 보관하고 있었다.
 "들고튀려면 이런 걸 가지고 튀어야 하는데……."
 위드에게는 다시 무럭무럭 욕심이 자라났다.
 하지만 이런 종류의 무기는 성기사이거나 교단의 허락을 받은 이가 아니면 쓰지 못한다. 훔쳐 가서 사용하다가는 루의 교단의 공적이 되는 것은 물론, 저주받은 검이 되어 버릴 수도 있었다.
 "어쨌든 돌려줘야지!"
 크게 인심을 써서 루의 검도 돌려주기로 결정!
 위드는 모라타에 있는 루의 교단에 가서 직접 반환하기로 했다. 전투에 참여한 사람들의 공적치는 그때 골고루 받을 수 있게 된다.

"단지 당분간 모라타에 갈 일은 없을 거 같긴 한데."

바르칸이 죽을 때 떨어뜨린 아이템은 주로 네크로맨서 전용이었다.

바르칸의 해골, 부츠, 망토, 로브, 반지, 목걸이로 이루어진 바르칸 세트 아이템!

이거야말로 부르는 게 값일 대박 아이템이다.

검백이십일치에게는 필요하지 않은 물건이었다.

게다가 위드가 가지고 있는 마법 책까지 합치면 바르칸의 풀 세트가 완성된다.

―바르칸의 세트 아이템이 한곳에 모였습니다.
네크로맨서라면 특수 기술, 리치의 능력을 사용할 수 있습니다.

리치 바르칸의 대를 이을 수 있게 해 주는 물품이었다.

여기에 리치가 되어 바르칸의 해골까지 사용한다면 3대 마법도 사용이 가능했다.

무시무시하기 짝이 없는 아이템!

부작용이 있어서, 아이템을 사용하고 나면 다시 인간 상태로는 되돌아오기 어렵다고 한다.

검백이십일치에게 평생 고기 무료 제공권, 무기 및 방어구, 술이 담긴 오크 통 2,000개를 제공하기로 하고 받았다.

네크로맨서 전용에 착용하기만 해도 나쁜 기운에 계속 물

들어서 사용하지는 못하더라도, 위드는 일단 가지고 있기로 결정했다.

"세상에는 착한 사람만 있지 않으니까. 분명 바르칸처럼 되고 싶어 하는 사람들이 나타날 거야. 네크로맨서들이라고 언제까지 평화만 바라지는 않겠지. 그럴 때 팔아먹으면 되겠군."

악인을 꿈꾸는 리치가 나타나면 그를 제재하는 게 아니라 물건 흥정에 앞장설 위드였다.

하지만 어쨌든 바르칸의 장비들은 레벨 제한이나 스킬 제한이 높아서 한동안 오랫동안 다른 사람에게 주어질 가능성은 없었다.

위드처럼 대장장이 스킬을 가지고 있지 않은 한 바르칸의 아이템을 쓰려면 레벨이 최소 460은 되어야 했다. 부츠가 그나마 레벨 제한이 낮은 편이고, 로브와 반지, 목걸이 등은 520이 넘어야 한다.

네크로맨서들은 갖고 싶은 장비 때문에라도 위드와 친하게 지내야 되었고, 단단히 코가 꿰인 신세가 되었다.

상인들이 바르고 성채로 가져온 상품들은 금세 동이 났다. 금은보화를 분배받은 유저들이 돈을 쓰고 다니는 덕분이었다.

엘프, 바바리안, 드워프, 페어리 들이 오는 바르고 성채가 활성화되면서 더욱 많은 주민들과 유저들이 모여들게 되었다.

마판은 발 빠르게 환전소를 세워서, 고대의 금화들을 바꾸어 주는 일을 하면서 수수료를 챙겼다.

"아, 돈이 진짜 많은데 어떻게 다 쓰지?"

"검이나 바꿀까, 우리?"

"그러면 사냥이 더 쉬워지겠지? 이참에 드워프제 장비들로 많이 바꿔 봐야지."

바르고 성채는 돈을 쓰고 싶어 하는 유저들로 붐볐다.

주변에는 유저들이 들어가 본 적이 없는 사냥터가 널려 있었다.

지형적으로도 산이나 언덕, 숲, 계곡에 사냥터가 많다. 바르고 성채 근처에 전투와 사냥을 위해 사는 종족인 바바리안의 거주지가 괜히 있는 게 아니었다.

위드는 높은 명성과 친밀도로 족장이나 장로들과 대화를 나누어서 던전에 대한 정보들을 알아냈다.

"굳은땅 드워프들에 의하면 이 근처가 던전인데……."

"조금만 더 가 봐요. 드워프들이 말한 거니까 확실할 거예요."

위드는 페일과 이리엔, 로뮤나, 화령, 수르카와 함께 근처의 던전을 찾아다녔다.

"그때 맥주를 마시고 있지 않았으니 맞겠죠."

그리고 바위틈에서 던전의 입구가 발견되었다.

던전, 숨겨진 구덩이의 최초 발견자가 되셨습니다.
혜택 : 명성 415 증가.
일주일간 경험치, 아이템 드롭률 2배.
첫 번째 사냥에서 해당 몬스터에게 나올 수 있는 것 중에 가장 좋은 물건 아이템이 떨어집니다.

바르고 성채 주변의 던전 탐색!

사냥이 가능한 레벨대가 맞으면 던전을 휩쓸고 다녔다.

모르는 던전들을 막무가내로 탐험하기란 솔직히 위험하다. 함정도 설치되어 있고, 몬스터의 수준이나 양이 상상 이상으로 많은 장소도 있었기 때문이다.

물론 그런 경우라도 일부는 화령이 춤으로 재울 수 있었고, 위드는 바르칸이 죽었으니 이제 마음 놓고 데스 나이트와 뱀파이어 로드를 소환했다.

"반 호크, 토리도. 앞에서 싸워!"

긴 휴가의 끝이었다.

"오랜만에 불러 줘서 고맙다, 주인."

"따끈따끈한 피 맛이 그리웠다."

반 호크와 토리도가 활약해야 할 시간이었다.

"몽땅 쓸어버립시다!"

오래 손발을 맞춰 온 동료들이기에 사냥 속도는 아주 빨랐다.

위드는 검치 들과 다른 동료들과도 번갈아서 사냥을 하며 성장했다.

바바리안이나 드워프나, 위드와의 대화를 원하였기에 사냥터를 찾기란 쉬웠다.

"몬스터들을 퇴치하고 싶습니다."

"오랫동안 놈들이 우리를 괴롭혀 왔지요. 그들의 흔적이 동쪽으로 이어져 있는데……. 우리 전사들이 쫓아갔는데 큰 나무 둘 옆 수풀 사이에서 사라졌습니다. 발견하실 수 있다면 꼭 도와주시오."

"맥주가 필요하지 않습니까?"

"맥주라면 언제든 환영이지."

"드워프들은 언데드와 같이 싸운 형제나 다름이 없지요. 여러분의 고민에 대해 알아보고 싶습니다."

"음, 최근에는 좋은 철광석을 구하기가 힘들어. 좋은 철광석이 있다면 요즘 같은 시기에는 값이 문제가 아닐 텐데. 예전에 이 성채가 멀쩡했을 때에는 뒷산에 있는 광산에서 철광석을 많이 캤는데……. 인간들이 도와준다면 우리 드워프들이라도 가서 철광석을 캐고 싶군."

"당연히 협력해야죠. 철광석이 많이 나와서 드워프 여러분이 원하는 무기와 방어구를 제작하시고 바르고 성채에서 거래를 하며 세금을 잔뜩… 아니, 맥주를 많이 가져가셨으면

좋겠습니다."

바르고 성채에서는 사냥 외에도 바쁜 일이 많았다.

"죄송한데요, 바쁘신 줄 알지만 여기 재료 아이템 가져왔어요. 조각품으로 만들어 주시면 안 될까요?"

"불순물이 많이 섞인 금이군요. 순금 아니면 조각품으로는 잘 만들지 않는데……. 뭐, 특별히 해 드리죠."

"이렇게 맡아 주셔서 고맙습니다. 조각품은 언제쯤 완성되나요?"

"주문이 많이 밀려 있어서… 좀 기다려 보세요."

"위드 님의 실력만 믿고 있으니 천천히 해 주세요."

바르고 성채에서 귀금속들은 위드의 몫이었다.

조각품을 만들어서 팔면서, 중간에 남는 재료들은 배낭으로 쏙!

식당에서 분명히 토끼 3마리를 가지고 요리를 했는데 토끼 탕 3개가 나오고도 큰 냄비 하나가 따로 남는 원리!

"역시 조각사란 작품 활동을 하면서 버는 돈보다는 재료 횡령으로 부자가 되는 게 더 빠르겠군!"

조각사 위드의 명성이 너무나도 거대했기에 주는 비싼 재료들을 마다하지 않고 작품을 만들었다.

평소라면 나무를 갖고 다니면서 사냥 중간마다 작품을 만들었는데, 이제는 최소한 금이나 은, 가끔 미스릴 조각을 가져오기도 했다.

 대부분 사람들이 원하는 취향의 조각품을 만들어야 했기에 과감한 시도는 하지 못했지만, 그러면서 조각술 스킬을 조금 올릴 수는 있었다.

 아주 가끔 걸작이나 예술적 가치가 높은 작품이 나오기도 했다. 하지만 조각술 스킬이 고급 8레벨이라서 숙련도는 느리게 올랐다.

 "괜찮아. 이제 고작 두 단계만을 남겨 놓고 있으니까. 느긋하게 만들면 돼."

 새해도 사냥터에서 맞이했다.

 화령이나 벨로트, 메이런은 일이 있어서 빠지고, 남아 있는 인원끼리 조촐하게 음식을 차려 놓고 떠오르는 해를 보며 소원도 빌었다.

 '메이런과 여행이라도 갈 수 있게 장학금을 타고 싶어.'

 '몬스터를 때리는 손맛이 더 좋아졌어. 많이 많이 때려야지.'

 '네크로맨서로 전직이나 할까? 이대로 화염 마법의 끝을 보고 싶기도 한데…….'

 '올해도 1명도 치료 실패로 죽는 사람이 없도록 해야지.'

 '새해에는 유린이와 사귈 수 있게 해 주세요.'

 '위드 님을 따라다니며 떼돈을 벌 수 있도록…….'

 각양각색의 소원들이었는데, 그에 비하면 위드의 소원은

단순했다.

'아프지 말자. 병원비 드니까.'

건강이 최고였다.

모라타에서 불려 온 조각 생명체들도 바르고 성채에 도착했다.

음머어어어.

누렁이가 발을 땅바닥에 질질 끌면서 억지로 다가왔다.

오기 싫었던 것이 역력한 눈치!

"너도 나를 보니 반갑구나. 그렇게 보고 싶었다면 앞으로는 절대 떨어지지 말자."

음머어어어어어어어!

빙룡과 불사조는 몸집의 크기 때문에 던전 사냥은 할 수 없었다. 하지만 금인이, 황금새, 은새는 같이 싸우면서 어지간히 위험한 던전이더라도 거뜬히 돌파했다.

레벨 440대 이상의 던전은 특정한 배경이 있거나 주변 지역에서부터 위험한 냄새를 물씬 풍기는 장소에 있다.

킬데크 산의 둥지!

던전이 아닌 지역 전체가 사냥터인 장소도 있었다. 산의 봉우리를 배경으로 하여 넓은 지역에서 비행 몬스터들이 날아다닌다.

위드는 다른 동료들보다 접속 시간이 훨씬 길었다. 그들이 오지 않는 시간에는 검치 들과 사냥하거나 불사조와 와이번, 빙룡과 함께 킬데크 산의 몬스터 둥지에서 공중전을 펼쳤다.

쿠르르르르릉!

멀리서 벼락 치는 소리가 들리고 하늘이 잠시 밝아졌다.

하늘에서 비가 퍼붓는 것처럼 쏟아질 때, 위드는 와삼이를 타고 날았다.

"주인, 우리 이러다가 벼락 맞는 거 아닌가?"

"괜찮을 거야."

"그래도 맞으면 아픈데……."

"먹고살려면 날씨가 좀 궂은 날에도 일을 쉬어서는 안 되지."

하늘에는 위드의 부하인 와이번뿐만 아니라 킬데크 산의 둥지에서 영역을 지키기 위해 날아오른 몬스터들이 한가득이었다.

제대로 보이지도 않는 상황에서 위드는 검을 휘둘렀다.

"달빛 조각 검술!"

와삼이와 하나 된 것처럼 움직이며 몬스터들의 날개를 베었다.

조금 더 높은 곳에서는 불사조가, 아래쪽에서는 빙룡이 몸을 사리면서 전투를 펼쳤다. 데스 나이트 반 호크도 소환되어 팬텀 스티드를 타고 다녔다. 뱀파이어 로드 토리도는 박쥐 떼와 함께 싸웠다.

"역시 잘 싸우는군."

위드는 지골라스에서 꽤 많은 조각 생명체를 부하로 거두었지만, 직접 조각해서 오랫동안 같이해 온 부하들에게 많은 정이 갔다.

"미운 놈은 떡 하나 더 주면 되고, 예쁜 놈은 사냥 백번 더 시키는 거니까."

위드에게 애정을 듬뿍 받아서 더 혹사당하는 부하들이었다.

그렇게 모든 것을 잊고 사냥에만 전념하면서 3개의 레벨을 더 올렸다.

위드의 현재 레벨은 403이 됐다.

400대의 유저들은 전체적인 숫자상으로도 그리 많지 않았기 때문에 어디를 가더라도 능력 있는 고레벨로 인정을 받는다.

조각품에 생명 부여를 하느라 늦춰지고, 생산 스킬과 퀘스트, 더욱 많은 조각품들을 만들어서 얻은 엄청난 스탯을 가지고 이룩한 레벨이었다.

현실을 기준으로 1개월의 시간이 흐르는 동안 바르고 성채는 많은 개발이 이루어졌다. 인구도 3만 이상이 되었고, 무너졌던 성벽도 차츰 다시 쌓아 올렸다.

그래도 성채 자체적으로는 아직 성벽을 보수하고 성채를 운영할 돈을 벌어들이지 못해서, 위드가 이번에 번 재산이 고스란히 들어가야 되었다.

보수가 완료된 성벽 안쪽으로는 꾸불꾸불한 길을 따라서 주택들이 세워졌다.

기사들의 연무장, 초급 수련장, 전사 길드 등은 성채가 보수됨에 따라서 원래 있던 곳을 쓸 수 있었다.

본 드래곤이 뒹굴었던 장소를 비롯하여 치워지지 않은 장소가 절반 이상이었지만, 유저들은 더욱 많아져서 수만 명에 이를 정도였다.

"벌써 밤인가?"

중앙 광장에 있던 유저들이 하늘을 보았다. 어느새 해가 저물어서 어두워지고 달과 별들이 떠 있었다.

"슬슬 올 때가 되었군."

무기를 점검하며 쉬고 있던 사람들이 일어났다.

식당에서 무언가를 먹고 있던 전사들도 완전무장한 채로 밖으로 나왔다.

기사와 전사 들의 무장은 꽤 무겁기 때문에 전투가 벌어질 때가 아니라면 잘 하지 않는다.

사냥을 하기 위한 파티를 구하려던 사람들은 하던 말을 바

꾸었다.

"서쪽 성벽을 함께 지키실 분을 구합니다."

"북문에서 넘어오는 몬스터와 싸울 분. 방패로 밀어 치기 스킬 중급 6레벨 이상인 분 우대합니다."

"남동쪽에 성벽이 무너져 있는 장소에 사제가 필요합니다. 사제분들은 저를 따라서 같이 가 주세요."

광장에서는 전투원들을 대거 모집했다.

마법사들이 등불을 밝히고, 횃불을 줄지어서 세웠다.

―식량을 강탈하려는 몬스터들이 밀려옵니다.

밤마다 밀려드는 몬스터들!

네크로맨서들이 싸웠던 그 몬스터들이 바르고 성채를 침략했다.

성벽에 의지하여 방어를 할 수 있기에 사냥은 쉬운 편이었다. 유저들과 주민들이 힘을 합쳐서 화살을 쏘고 돌을 던지며 항전했다.

매일 밤마다 전투가 벌어지는 바르고 성채였다.

대륙의 어떤 곳에도 이런 식으로 자주 공성전이 벌어질 정도로 몬스터들이 몰려오진 않는다. 그러나 바르고 성채는 모라타와도 거리가 제법 떨어져 있고 서쪽과 북쪽으로는 산들이 있기에 몬스터들이 번식하면서 대대적으로 침입했다.

불사의 군단이 있을 때는 바르칸에 의하여 모두 언데드가 되어 버렸다. 이제는 불사의 군단이 없었기에 유저들이 막아야 하는 것이다.

만약에 바르고 성채가 뚫린다면 몬스터들은 이곳을 지나서 북부 전체로 퍼지게 될 것이다.

성채를 지키고 몬스터의 대량 번식을 막기 위해 위드는 성과 성벽의 보수에 세금을 계속 투입해야 했다. 외부에서 덤벼 오는 대형 몬스터들의 무기에 파손이 끊임없이 일어났기 때문이다.

유저들이 성벽에 의존하여 싸울 수 있도록 도와주는 것도 영주의 임무.

사실 위드는 명성이나 모라타의 영주라는 자리 때문에 바르고 성채에 유저들과 주민들이 빨리 모여드는 등 특권을 많이 누렸다.

하지만 몬스터들의 습격에 의해서 부서지는 성채를 방치해 둔다면 유저들의 피해가 기하급수적으로 커지게 될 것이다.

사람들이 바르고 성채를 방치해 두고 떠나 버린다면 그때는 몬스터들로 인해 북부 전역이 난장판이 되고 엄청난 피해를 입지 않을 수가 없었다.

바르고 성채의 중앙 탑에서 위드는 피눈물을 흘렸다.

"주민들이 늘어나고 사냥이 이루어지더라도 세금이 남는 게 없군."

세금은 들어오기가 무섭게 다시 빠져나갔다. 잠깐 손에 쥐기도 어려울 지경이었다.

성채에는 쉴 새 없이 광범위하게 성벽 보수공사가 이루어지고 있을 뿐만 아니라, 아까운 돈을 쪼개서 군사력도 확충해야 했다.

바르고 성채의 군사력
초급 기사 : 58인
평균 레벨 : 196
실전 경험을 쌓고 있는 병사 : 4,312인
평균 레벨 : 52
충성심 : 91%
훈련도 : 46%
모라타의 이주민을 바탕으로 소집한 군대.
사냥꾼들과 건장한 젊은 남자들을 중심으로 이루어졌다.
기사들은 생존을 위해서 강해지고 있다.
병사들은 위대한 영주를 존경하며 진심으로 섬기고 있으나, 제대로 무기 다루는 법을 익히기도 전에 수시로 전투에 투입되어 불안해하고 있다. 그러나 성벽을 바탕으로 연전연승을 거두고 있어서 자신감도 조금은 갖고 있다.
치안 유지에 큰 도움은 안 되지만, 없으면 안 될 병력.

몬스터의 침입이 잦은 만큼 파손된 성벽을 빠르게 복구해야 합니다.
다른 일에 한눈을 팔다가는 바르고 성채가 몬스터들의 마을이 되어 버릴 것입니다.

모라타에서처럼 프레야 교단이 지켜 주지도 않았으니 도저히 군대를 만들지 않을 수가 없다.

위드가 병력을 키우는 방식은, 살아남으면 강해진다는 식!

병사들은 모두 궁수로, 활을 쓰는 법을 익히게 하여 성벽에만 배치해 놓았다. 차후 궁수 부대가 제대로 자리를 잡으면 그때부터 보병을 대대적으로 징집해서 몬스터의 서식지로 원정을 허락할 계획이었다.

군대가 몬스터들의 소굴을 토벌하면 재물을 얻을 수도 있으며, 위험한 몬스터들이 성채 가까이 접근하는 빈도수가 줄어든다.

상점과 길드만 필요한 게 아니라 치안이 안정권에 이르러야 초보자들이 바르고 성채에서 시작할 수 있게 되는 것.

"오기만 하면 신 나게 부려 먹을 수 있을 텐데."

바르고 성채에서는 해야 할 일이 많아서 노동력이 많이 필요했다. 착취를 간절히 원하고 있었기에 치안 확립이 우선이었다.

성벽을 사이에 두고 몬스터들과 전투가 벌어지면서 가끔씩 대단히 위험한 광경들을 연출하기도 했다. 유저들이 던전으로 많이 사냥을 나가거나 모험을 하러 떠나 버려 수비할 병력이 모자란 경우도 여러 번이었다.

유저들은 악착같이 싸워야 됐다.

중앙 대륙의 성들은 몬스터에 대한 대비가 잘되어 있어 성

벽도 튼튼하고, 공성전을 위한 해자가 설치되어 있기도 했다. 하지만 몬스터들이 마을로 침공하는 일 자체가 극히 드물었다.

그런데 바르고 성채에서는 심심하면 크고 작은 무리가 덤벼 온다.

오죽하면 바르고 성채에서는 따로 사냥을 나갈 필요도 없다는 말이 있을 정도였다.

"여기서는 어디서 사냥해요?"

"좋은 활 하나, 그리고 화살 넉넉하게 챙겨서 성벽에 올라가세요."

검사와 기사 들에게는 다른 조언을 했다.

"아주 원 없이 싸워 보고 싶으면 성벽 바깥에서 조금만 기다려 보세요. 죽거나 영웅이 되거나, 둘 중 하나일 테니까!"

그 정도로 몬스터들이 많이 몰려오곤 했다.

사실 불사의 군단에는 별로 노릴 것이 없었다. 온통 언데드들이니 빼앗을 식량이 쌓여 있는 것도 아니고, 가까이 와 봤자 언데드가 되어 버릴 뿐이다. 그런데 인간들이 성채를 차지하면서 식량이 대량으로 운반되기 시작했다는 사실이 몬스터들에게도 알려졌기에 더욱 악착같이 쳐들어오게 된 것이다.

위드는 모라타의 군대를 이쪽으로 끌어오거나, 혹은 영주로서 그곳의 자금을 대량으로 인출해서 바르고 성채에 투자할 수도 있었다.

"밑 빠진 독이 될지도 모르는데… 아직은 일러."

모라타는 더 훌륭한 도시로, 모자란 것이 없이 성장하고 있다. 주민들과 유저들이 넘어와서 발전에 도움 주는 정도로 족했다.

그래도 모라타에서 온 주민들 중에는 기술자들이 있어서, 상업과 기술의 발달이 다른 마을과는 비교가 안 될 정도로 빠른 편이었다.

성장률로만 놓고 본다면 북부에서 모라타를 제외하고 최고라고 할 수 있다.

매일 바르고 성채에서 벌어지는 전투는 게시판에 올라갈 정도였다.

제목 : 최고의 성장을 원한다면 망설이지 말고 이곳으로 뛰어오라

레벨을 올리고, 쌓아 올린 스킬 숙련도를 발휘할 기회입니다.
와 보세요!
널려 있습니다. 쌓여 있어요.
친구들을 사귀며 같이 사냥해 보실 분.

제목 : 오늘은 정말 위험했네요

안녕하세요. 매일 바르고 성채에서의 몬스터와의 전투를 올리는 리스입니다.

오늘 올릴 동영상에는 아찔한 시간이 2시간 정도 이어졌습니다. 전투 중에, 며칠 전에 쌓았던 동쪽 성벽이 우르르 무너지지 않겠습니까?

성벽 건축 속도가 요즘 들어 많이 빨라졌는데, 아마 지반이 약했거나 영주의 부실 공사가 아닐까 의심이 됩니다. 아무튼 한동안 무너질 조짐이 보여서 미리 피한 덕분에 인명 피해는 없었습니다.

하지만 그곳을 통해서 몬스터들이 들어오면서 성채 내부에서까지 전투가 벌어지는 바람에… 정신이 없었네요.

이렇게 힘들게 싸우면서 왜 던전이나 사냥터로 옮기지 않느냐고 물으셨죠?

아침이 밝아 오고 몬스터들이 물러난 후, 서로 얼싸안고 기뻐하는 마음은 전투에 가담했던 사람들만이 알 수 있을 것입니다.

바르고 성채와 관련된 동영상은, 불사의 군단이 주둔하고 있던 지역이었고 현재의 영주가 위드라는 사실 때문에라도 더욱 많은 관심을 끌었다.

처음에는 너무나 위험한 지역이라서 위드라고 해도 금방 손을 떼리라 생각했다. 하지만 주민들과 유저들이 모여들면서 성벽을 지키며 막아 내는 모습을 보면서 대단하다고 감탄하며 쭉 지켜볼 수밖에 없었다.

위험한 날들이 없지는 않았지만, 그럼에도 계속 막아 내면서 싸운다.

매일 전투를 하며 살아가는 지역.
요새가 사냥터인 장소.
바르고 성채는 발전도와 무관하게 인기를 끄는 곳이 되었다.
험악한 몬스터들과 싸우기 위하여 북부의 전사들이 모이는 최전선이었다.

로자임 왕국의 남쪽에 위치한 바란 마을!
마을 장로 간달바의 의뢰를 수행하면 천공의 도시 라비아스로 갈 수 있는 씨앗을 얻을 수 있는 마을로 유명했다.
위드가 미숙하던 솜씨로나마 만든 프레야 여신상, 서윤을 바탕으로 조각한 작품으로 인해서도 널리 알려진 마을!
"역시 정말 잘 만든 조각품이다."
"이런 여자가 실제로 존재한다면 정말 좋을 텐데. 그러면 얼굴만 보고 살아도 평생 행복할 거야."
"말도 안 돼. 세상에 저런 여자가 어디 있어? 위드의 조각술 실력이 엄청 뛰어난 거지."
여행자들은 한 번씩 와서 조각품을 구경하고 사냥을 떠나거나, 혹은 주민들과 이야기를 했다. 주민들을 만나 보면 의뢰에 대한 이야기, 사냥터나 새로운 던전에 대한 말들도 들

을 수 있기 때문이었다.

 던전은 원래 개척되기 전부터 만들어져 있던 장소도 있지만 나중에 몬스터들이 몰려오거나 숨어들어서 만들어지기도 한다. 보통 주민들이나 사냥꾼들은 그러한 조짐에 대해서 미리 알고 있기 때문에 친밀도와 신뢰도를 쌓아 놓으면 귀중한 이야기를 들을 수 있었다.

 그런데 어느 날부터인가 마을 사람들이 조금 이상해지기 시작했다.

 "성심껏 모셔야지."

 "예?"

 "이 보잘것없는 대륙을 지켜 주실 위대한 신의 가르침을 받아들이게나."

 "……."

 어떤 주민들은 멍하니 하늘을 보고 있기도 했다. 가까이 가서 말을 걸면 이야기를 하긴 했다.

 "교단에 돈을 바쳐야 해. 더 많은 군대를 만들 수 있도록! 수입의 절반도 아깝지 않아."

 "무슨……."

 "그 군대가 우리를 구해 줄 거야."

 "어떤 군대가 구해 줘요?"

 "떽! 더 이상은 말해 줄 수 없네. 신성한 마음을 가지고 있지 않다면 마을에서 썩 떠나게. 엠비뉴 신만이 혼탁한 이 세상을 깨끗하게 만들 수 있을 텐데…….."

 바란 마을의 퀘스트를 바라고 왔던 유저들은 주민들의 생소한 반응에 놀라게 되었다.

 엠비뉴 교단이라면 중앙 대륙을 혼란에 빠뜨리는 존재들이 아니던가.

 그리고 어느 날부터인가 마을 장로 간달바도 더 이상 퀘스트를 내주지 않았다.

 "엠비뉴 교단을 믿는 사람에게는 씨앗을 공짜로 주겠습니다."

 유저들이 쉽게 선택할 수는 없는 문제였다. 그래도 많은 변화가 오고 있다는 사실 정도는 직감했다.

 그리고 어느 날, 위드가 조각했던 프레야의 여신상마저 파괴되고 말았다.

 바드레이는 전투준비를 갖췄다.

 "전장에 나서는 것도 오랜만이로군."

 헤르메스 길드가 반석 위에 서고 나서 굳이 그까지 싸울 필요는 없었다. 몬스터를 사냥하면서, 전사의 탑에서 레벨을 공인받을 때에나 사람들 앞에 나섰다.

 그 정도만으로도 로열 로드의 무신으로 일컬어지는 데에

는 부족함이 없었다.

그럼에도 이번에 전장에 나서기로 한 이유는, 헤르메스 길드에 중요한 싸움이기 때문이었다.

"모두에게 힘을 보여 주어야 할 때. 그리고 반드시 승리를 거두어야 한다."

바드레이는 국경에 있는 요새에서 무장을 갖추고 밖으로 나갔다.

보병과 기사, 마법사 들이 공성 병기들과 함께 진격을 준비하고 있었다.

그들의 목표는 칼라모르 왕국!

헤르메스 길드에서 장악한 하벤 왕국의 병력을 모아서 칼라모르 왕국을 점령하기 위한 정복 전쟁을 개시하는 것이다.

흑기사 바드레이의 모습이 나타나자, 유저들과 병사들은 깊은 침묵으로 그를 맞이했다.

그가 헤르메스 길드에서 발휘하는 절대적이고 무자비한 권력.

베르사 대륙에서 최강의 자리에 오른 사람에게 존경을 표시하는 것이다.

바드레이는 그들에게 이런저런 연설도 하지 않고 준비되어 있는 말에 올라탔다.

"진격하라."

지휘관의 말에 따라 요새의 문이 열리고 하벤 왕국의 군대가 칼라모르 왕국을 향하여 전진을 개시했다.

"하벤 왕국의 군대가 접근한다."

"비상종을 울려라!"

칼라모르 왕국 국경 수비대에서도 곧바로 대응이 일었다.

적들의 침입을 격퇴하기 위하여 성문이 열리고 방어군이 나왔다.

"공격! 공격해라."

바드레이는 먼저 말을 달렸다.

"바드레이의 출전이다!"

헤르메스 길드에 소속되어 있는 병사들과 유저들의 눈이 최전선의 바드레이에게로 향했다. 그가 전쟁에 함께 참여한다는 자체만으로도 아군에게는 굉장히 사기를 끌어 올리는 요인이었다.

"흑기사 바드레이가 하벤 왕국의 편에 서서 우리와 싸운다고?"

"우리는 어떻게 싸워야 되지? 항복을 해야 하나?"

칼라모르 왕국의 성에서는 바드레이가 다가온다는 사실만으로도 겁을 집어먹었다.

바드레이의 전투의 용맹, 몬스터를 잡으면서 쌓은 위명이 대단하여 병사들을 두려움에 떨게 만들었다.

"항거할 수 없는 돌격!"

바드레이와 흑기사 친위대가 함께 달렸다.

기사단으로 같이 익힐 수 있는 스킬!

현재까지 베르사 대륙에서 최고라고 알려진 돌격 스킬이었다.

말의 속도를 빠르게 할 뿐만 아니라, 일직선으로 꿰뚫는 돌격에 거치적거리는 적들은 모두 박살이 난다.

바드레이와 흑기사 친위대가 불타는 적진의 방어군 사이를 꿰뚫으며 공을 세웠다.

신들린 듯한 질주에 하벤 왕국의 병사들이 커다란 함성을 질렀다.

"모두 공격하라!"

"벤튼 성을 점령하자! 칼라모르 왕국의 수도를 짓밟자!"

헤르메스 길드의 유저들과 병사들이 검과 방패를 앞세우고 달려들었다.

공성 병기가 성벽과 성문을 부수자마자, 바드레이가 먼저 안으로 들어갔다.

"바드레이를 죽여라."

"칼라모르 왕국을 지키기 위하여 흑기사 바드레이만이라도 죽여야 한다. 공격하라!"

덤벼드는 적들에게 바드레이가 검을 휘두를 때마다 10명, 20명씩 나가떨어졌다.

그 어떤 방송이나 동영상에서도 일찍이 보여 준 적이 없는 강함!

바드레이는 베르사 대륙의 다른 랭커들과는 차원이 다른 무력을 발휘하며, 칼라모르 왕국의 국경에 있는 벤튼 성을 점령하였다.
 헤르메스 길드에서는 미리 짜인 진격 계획대로 보급 부대와 정비 부대를 남겨 놓고 계속 진격했다.

그라페스

The Legendary Moonlight Sculptor

"역시 홀로 다닐 때 느끼는 이 고독함이란… 자유롭게 돌아다니면서 몬스터를 처단하는 맛은 최고지!"

위드에게는 와이번과 빙룡, 불사조, 금인이, 누렁이까지 따라다녔다.

"거기, 흘리지 말고 잡템 똑바로 주워!"

와이번들은 발톱과 주둥이를 이용해서 잡템들을 챙겼다. 전투가 벌어질 때마다 생고생이었다.

'고독이라니.'

'우리를 이렇게 부려 먹으면서…….'

한동안 그들끼리 쉬엄쉬엄 사냥을 했는데, 위드를 따라다니게 되면서부터 해야 되는 일의 양이 부쩍 늘었다.

사냥하고, 잡템 줍고, 심부름하고, 요리를 돕고, 이동을 위하여 빠르게 날아다니기까지!

 "키이이이잉!"

 누렁이의 머리에 앉아 있던 은새가 갑자기 신음 소리를 내며 날개를 파닥거리더니 옆으로 쓰러졌다.

 위드에게는 물론 통하지 않았다.

 "이 정도로는 지쳐서 죽지 않아. 어서 일어나."

 몸살감기나 과로 따위야 신물 나게 겪어 본 위드라서 꾀병마저도 안 통했다.

 바르고 성채의 주변으로는 누구도 들어가지 않은 던전들이 널려 있다. 몬스터들의 소굴, 부락과 은신처 들도 많았다.

 다른 파티들이 먼저 와서 사냥하고 있는 경우도 가끔 있었지만, 개척 초기라서 위드가 동료들이나 조각 생명체들과 첫발을 내딛는 경우가 상당히 많았다.

 고정된 동료들과 조각 생명체들이 있어서 좋은 점이라면 역시 믿을 만한 파티원을 구하거나 손발을 맞춰 보기 위해 헤매느라 버리는 시간이 없다는 점.

 보통 초면인 사람들끼리 사냥을 나가게 되면 방식 때문에 의견 충돌이 벌어지기도 하는데, 그럴 일도 전혀 없었다.

 "몽땅 잡자."

 위드의 말이 떨어지면 던전 사냥을 다 끝낼 때까지는 누렁이도 꼬리를 바닥에 내리지 못할 정도로 긴장했다.

강한 몬스터들이 많이 나오는 던전에서는 각자 역할을 다 하느라 방심할 틈이 없었다. 다소 약한 몬스터들이 나오면, 1시간에 1마리라도 더 잡기 위한 최고의 속도전이 벌어졌다.

"오늘은 날씨가 꾸물꾸물한 게 비가 올 것 같으니 하루 종일 던전 사냥이나 하자."

사냥과 휴식에 대한 모든 절대적인 결정권은 오직 위드에게 있었다.

"햇볕이 참 따뜻하군. 이런 날씨에는 도시락이라도 싸서 던전 사냥 가자!"

완전한 사냥 독재였다.

"이틀 전에 찾아낸 던전 사냥 가실 분 구합니다. 하루 종일 사냥하실 수 있는 분. 바로 준비해서 떠나실 수 있는 분 우대."

"보물 찾으러 떠나실 전투 계열 직업 구합니다. 저는 모험가입니다. 보물에 대한 단서가 있기는 한데 믿을 만한 건 아니에요. 그래도 같이 고생해 보실 사람 찾습니다."

"서쪽으로 같이 가실 탐험가분 있나요? 평균 레벨 330대의 6인 파티입니다. 지도 작성하시면서 같이 탐험하실 분 구해요."

바르고 성채는 수리 작업이 착실하게 이루어지고 있을 뿐만 아니라, 미개척지로 사냥과 모험을 떠나기 위해 몰려든 유저들로 성황이었다.

몬스터의 습격이 빈번하게 이루어지다 보니 유저의 수준이 대체로 높았다.

"바쁘지 않으시면 같이 사냥 가요. 네?"

"크흠, 바쁜 일이 없긴 한데……."

검치 들도 언제나 인기를 끌었다.

전투에서 가장 빛나는 그들을 보며 기사와 검사 들은 배움이 컸다. 악착같이 싸우는 그들과 함께라면 사냥의 효율은 극대화되었고, 던전에서도 위험한 길에서 항상 앞장을 선다.

덕분에 모험가들은 신이 났다.

"저분들이랑 함께라면 어디든 가도 돼."

"설혹 잘못되더라도 원망도 하지 않던데."

모험을 하는 중에는 죽는 일도 비일비재로 일어난다. 검치 들은 함정에 빠지거나 몬스터에 의해 목숨을 잃더라도, 원망은커녕 마지막까지 지켜 주지 못했던 걸 미안해했다.

진정한 남자들!

마판도 상인으로서 레벨을 올리는 법을 터득했다.

"형님들, 여기 술과 고기를 가져왔습니다."

"오오!"

"심심하시면 사냥이나 같이 가실래요? 제가 요리 스킬을

익혔는데요, 마차 두 대 분량의 술을 가지고 가서 다 마실 때까지 안 돌아올 작정인데."

"가자!"

상인에게는 그저 좋은 용병이 최고인 법.

검치 들과 함께라서 마판은 레벨을 올리기가 참 쉬웠다.

"나무 열매, 약초 있어요!"

"강철 제련. 검 강화. 원하는 인간들은 어서 오게!"

위드가 성채를 점령하고 나서 영주에 대한 믿음으로 이주한 주민들과 유저들이 많았다.

언제나 보수가 진행되고 있는 성채의 안쪽으로 상권이 형성되자 근처에 사는 엘프와 드워프 들은 이곳에 와서 매일 장사를 했다.

멀리서 보면 아직도 곧 언데드가 튀어나올 것처럼 으스스한 검고 오염된 돌들이 쌓인 성채였지만, 내부적으로는 활기차게 돌아가고 있었다.

부서진 성채가 고쳐지면서 건축가들은 새로 건물을 세워야 됐다.

파보를 위시하여, 모라타에서 실력을 발휘하던 건축가들이 바르고 성채로 몰려왔다.

"주거를 위한 건물은 나중에 지으면 될 거 같은데요."

"저도 그렇게 생각합니다."

주거용 건물은 바르고 성채로 올라가는 언덕에 판잣집을

마구 지으면 간단히 해결된다. 나중에야 물론 고급 주택도 필요하겠지만, 지금 당장은 성채를 보수하는 일이 우선이었다.

실력이 다소 뒤떨어지는 건축가들은 성벽 보수 작업에 매달려서 인부들을 지휘했다.

파보를 비롯하여 예술 회관이나 모라타의 상업 건물들을 지었던 1급 건축가들은 성채 건물들을 보수하는 작업에 매달렸다.

"이 건물은 원래의 이미지 그대로 복구합시다."

"검은 돌이 많이 필요하겠군요."

"영주가 보수공사에 자금을 엄청나게 투입했기 때문에 현재 건축자재를 모아 오라는 퀘스트가 발생했습니다. 주민들과 초보 상인들이 계속 가져오고 있으니 당장 필요한 만큼은 될 겁니다."

위드는 가지고 있던 막대한 자금을 바르고 성채의 보수에 투자했다.

막대한 자금 투입의 결과 모라타에서는 축제가 벌어졌었지만, 이곳에서는 병사들의 사기가 오르고 주민들이 너도나도 나서서 보수를 했다.

"본 드래곤이 뒹굴었던 본성이 제일 문제인데……. 어디까지 살릴 수 있을까요?"

"하는 데까지 최대한 해 봐야죠. 브레스에 녹아내리거나 기둥까지 부서진 곳이 많아 절반 정도는 새로 지을 각오를 해야겠습니다."

"음, 그 정도라면 정말 건축 공사가 되겠습니다."

건축가들에게는 바르고 성채를 복원하는 일도 대형 프로젝트로 남길 만한 일이었다.

필요한 자금은 영주의 자금과, 세금에서 투입되는 보수 비용으로 즉각 충당되었으니 더욱 흥이 났다.

"본 드래곤들이 앉아 있던 중앙 탑도, 보니까 많이 기울어 있던데요."

바르고 성채에서 대번에 눈에 띄는 중앙 탑!

가까이서가 아니라 멀리에서 볼 때에도 이상하게 느껴질 정도로 기울어져 있었다. 무너지거나 쓰러지지 않은 게 신기할 정도였다.

건축가들이 땅을 살펴보니 단단한 지반 위에 기초공사가 잘되어 있는 덕분에 붕괴할 위험은 없었다.

"중앙 탑은 일단 그대로 놔두라는 위드 님의 부탁이 있었습니다."

위드는 바르고 성채를 완벽하게 예전처럼 복원하려면 돈이 너무 많이 들어갈 거라고 생각했다.

"원래 인테리어나 건축이나, 한번 돈이 들어가기 시작하면 예상치 못한 부분에서 끊임없이 주머니가 열리게 되지."

중앙 탑은 유난히 시선을 끄는 곳일 뿐만 아니라 리치 바르칸의 라이프 베슬이 보호를 받고 있던 역사적인 장소다.

높고 거대한 이 건축물을 부수고 다시 짓기란 너무 아까웠다.

"차라리 그대로 놔두자."

역사적인 건축물에 대한 최고의 보전 방법은 그냥 돈 안 들이고 내버려 두는 것!

피사의 사탑처럼, 기울어져 있는 중앙 탑이 어쩌면 바르고 성채의 새로운 명물이 될 수도 있으리라.

마법사들은 고위 레벨이 되고 부유해지면 자신의 탑을 건축하기도 한다. 하지만 그런 탑들과는 크기와 기울어진 정도가 달랐다.

"당장이라도 무너질 것 같은 이런 탑이 베르사 대륙에 흔하진 않을 거야!"

지금은 바르고 성채가 많이 파괴되었고, 그만큼 없어 보이기도 했다. 몬스터들의 침공으로 인해 사냥만 원활하게 이루어질 뿐 주변 지역이 전혀 개발되지 않고 있으니 당연한 일이기도 했다.

이럴 때 궁핍한 느낌을 달랠 수 있는 수단이라면 역시 조각술!

위드는 와이번들을 이용해서 기울어진 중앙 탑에 조심조심 바윗덩어리를 날랐다.

"여기에 조각품을 만들면 성채에 있는 모든 사람들이 보게 될 거야."

조각품을 전시해 놓기에는 최고의 장소였다.

비바람을 견뎌 내야 되니 너무 섬세한 작품은 어울리지 않는다.

"바르고 성채와도 느낌이 맞는 그런 작품을 만들어야 돼."

위드는 이번에도 무엇을 만들지 오래 생각하지 않았다.

"그냥 이곳에 만들어야 하는 조각품이 있지."

단단한 돌을 잘라 가면서 조각품을 만드는 작업에 착수했다.

주민들과 유저들은 일을 하고 사냥을 다녀오면서, 위드가 조각품을 만드는 모습을 봤다.

"역시 여기에도 조각품을 세우시는군. 무슨 조각품이 만들어질지 기대가 되는데."

위드가 조각품을 만들기만 해도 사람들의 관심을 듬뿍 받을 정도였다.

모라타에서처럼 좋은 작품을 만든다면 여러모로 도움도 될 테니, 작품이 빨리 완성되기만을 다들 손꼽아 기다렸다.

하지만 위드는 던전 사냥도 다녀오느라 작품의 진척도가 현저히 느렸다.

"땀이 잔뜩 담긴 작품을 만들기 위해서 시간이 오래 걸리시나 보군."

"예술 작품이란 게 아무렇게나, 쉽게 만들 수 있는 건 아니잖아."

기다림조차도 행복하게 느끼는 유저들!

위드는 어디서건 볼 수 있게 6미터 정도 크기의 조각상을 만들었다.

위드가 매달려 있는 시간이 늘어 갈수록 조각품은 점점 또렷하게 완성되어 갔다. 그리고 드디어, 바르칸이 착용하던 아이템들을 그대로 장식품으로 쓴, 리치가 된 위드의 모습이 선명하게 드러났다.

과거에 지골라스에서 리치로 활약한 적도 있지만, 바르칸의 후계자가 되어서 불사의 군단을 이어받을 수도 있지 않았을까.

위드의 욕심이라면, 바르칸의 뜻을 충실히 따르다가 어느 순간 묻어 버리고 불사의 군단을 집어삼켰을지 모르는 일!

아마 조각사의 길을 오래 걷지 않았더라면 너무나도 당연했을 미래였다.

"이 조각품이 어떤 효과를 발휘할지는 모르겠지만, 아무튼 역사적인 기념물이기는 할 테니까."

조각술은 대단한 일을 일으키기도 한다.

위드는 실패작이 나오거나 주변에 언데드들이 되살아나면 다시 부술 생각까지 하면서 리치상을 완성했다.

기울어진 탑에 서 있는 리치는 위드의 조각술이 경지에 달한 것을 알려 주기라도 하듯이 어느 한구석 부족함이 없는

모습이었다. 중앙 탑 아래에서 멀리 떨어져서 보자면 실재인지 아닌지 구분하기조차 어려웠다.
"그래도 뭔가 허전하긴 한데."
위드는 이왕 조각품을 만든 김에 여기서 끝내지 않고 일을 좀 더 키워 보려고 했다.
"리치에게 호위병 하나 없으면 안 되지."
리치상을 크게 만들어 놨으니 2미터 정도짜리 둠 나이트, 데스 나이트 들도 조각해 놓았다.
하지만 그럼에도 리치의 위엄에는 어딘가 손색이 있었다.
바르칸의 불사의 군단에 비교한다면, 지금의 리치는 너무 외롭고 고독했다.
"더 특별한 게 필요해."
위드는 배낭에서 조각품 재료로 쓸 만한 것을 꺼냈다.
썩은 드래곤 본!
진짜 드래곤의 본이라면 황금이나 미스릴보다도 귀한 재료였지만, 언데드가 되어 버리면 대장장이 재료 아이템으로서는 성능과 수명이 확 줄어들어 버린다.
불사의 군단에 있던 본 드래곤들은 만들어진 지 너무 오래되어 내구성까지 너무 나빠 더더욱 그다지 쓸모가 없었다.
본 드래곤에게서 나온 아이템은 유저들끼리 분배했지만, 뼈는 기껏 뭘 만들어도 그리 좋을 것 같진 않아 인기가 없었다.
검치 들은 예전에 본 드래곤의 뼈를 이용해서 위드가 만들어 준 장비가 있고, 성기사와 사제 들은 아예 언데드의 뼈로 무언가를 만들어서 착용하지를 못한다.

그러한 이유로 위드는 유저들이 기피하는 드래곤 본을 2마리 반 분량이나 독차지할 수 있었다.

"이렇게 귀한 재료를 쓰게 되는군."

위드는 강철을 녹여서 잇는 방법으로 본 드래곤의 뼈들을 연결했다.

머리 부분은 3마리 분량이 다 있었지만, 몸통의 뼈는 갖고 싶다던 사람들이 기념품으로 조금씩 챙겼다. 그런 부위들은 황동을 녹여서 보충해 결국 3마리의 본 드래곤을 중앙 탑에 완성시켰다.

"이제야 뭔가 있어 보이는군."

라면에 김치, 순대에 떡볶이, 자장면에 탕수육처럼 환상적인 궁합이었다.

띠링!

-만드신 조각품의 이름을 정해 주십시오.

"음. 근엄하고, 멋있고, 잘생기고, 돈 많고, 키 크고, 언데드 부하를 많이 가진 리치 위드!"

-근엄하고, 멋있고, 잘생기고, 돈 많고, 키 크고, 언데드 부하를 많이 가진 리치 위드가 맞습니까?

"잠깐. 너무 길어서 부르기가 어려울 거 같긴 한데……."

게다가 리치만 조각한 게 아니라 둠 나이트, 데스 나이트, 유령 등 불사의 군단에 있던 언데드들도 하나씩 만들어 놓았다.

위드가 직접 불사의 군단에 속해서 퀘스트를 했었기 때문에 그 재현 능력이란 놀라울 정도였다.

"아니야. 조각품의 이름은 언데드들을 지휘하는 리치로 하겠다."

–언데드들을 지휘하는 리치가 맞습니까?

"그래."

대작! 언데드들을 지휘하는 리치상을 완성하셨습니다.
불사의 군단이 잠든 장소, 전설적인 몬스터 바르칸이 영면에 든 장소에 만들어진 리치의 조각품!
베르사 대륙에 많은 해악을 끼쳤던 바르칸이다. 하지만 그가 역사의 흐름에 지대한 영향을 주었다는 사실도 부정할 수는 없으리라.
불모지나 다름없던 네크로맨서 스킬을 발전시켰다는 마법적인 공적도 가지고 있다.
높은 예술성과 명성으로 존중받고, 바르칸을 안식으로 돌려보낸 위드가 만든 조각품이기에 이를 비난할 수 있는 사람은 없으리라.
예술적 가치 : 8,980.
특수 옵션 : 언데드들을 지휘하는 리치상을 본 이들은 생명력과 마나 회복 속도가 하루 동안 32% 증가한다.

모든 스탯 16 증가.
지식과 지혜가 영구적으로 3 증가.
인근 지역에서 네크로맨서들은 스킬 레벨이 2 증가한 효과를 누림.
언데드들이 약간의 지성을 더 가진다.
길 잃은 언데드들의 공격을 방지함.
마법을 사용할 때 마나 소모를 6% 감소시킴.
흑마법의 위력이 2% 강화됨.
불굴의 기운에 의해서 자신의 생명력이 50% 이하로 감소했을 때 공격력이 14% 늘어남.
다른 조각품과 중복 적용되지 않음.
지금까지 완성한 대작의 숫자 : 9

-조각술 스킬의 숙련도가 향상되었습니다.

-손재주 스킬의 숙련도가 향상되었습니다.

-조각품에 대한 이해의 스킬 레벨이 1 상승하였습니다.

-명성이 875 올랐습니다.

-예술 스탯이 33 상승하셨습니다.

-카리스마가 3 상승하셨습니다.

-지혜가 2 상승하셨습니다.

―대작 조각품을 만든 대가로 전 스탯이 3씩 추가로 상승합니다.

위드의 고급 8레벨 조각술 스킬은 6%가 조금 안 되게 늘어서 14.6%가 되었다.

조각품이 형태를 갖춰 가면서부터 완성되기만을 기다리며 탑 아래에서 지켜보고 있던 유저들이 환호성을 질렀다.

"대작 조각품이다!"

유저들 중에서도 혜택을 주로 누리는 네크로맨서들이 더욱 크게 기뻐했다.

네크로맨서들은 아무래도 바르고 성채에서 멀리 떠나지 못할 운명이었다.

바르칸 데모프와의 전투, 재방송에서도 24.3%의 시청률을 기록

위드의 하늘을 찌를 듯한 인기. 베르사 대륙의 인기도 1위

북부의 현명한 영주, 위드

게임 방송사들은 위드에 대한 특집 프로그램을 계속 내보냈다. 안정적인 시청률을 낼 수 있고, 시청자들의 호응도 좋

앉기 때문이다.

바르고 성채가 매일 달라지는 모습을 취재하여 뉴스로 알려 주기도 했다.

불사의 군단이 점령했던 성채가 사람들이 거주하면서 바뀌는 모습은, 북부 출신 유저들에게는 대단한 관심사였다.

대륙의 여러 지역에 비해 북부의 유저들은 여전히 적다. 하지만 처음과 비교하면 이제 만만치 않게 늘어나 있었고, 중앙 대륙과 동부의 유저들도 북부에 많은 관심을 가졌다.

전쟁의 신 위드가 다스리는 땅이라서 가만히 있어도 주목을 받는다. 척박해도 스스로 일구어 가는 성과 마을 들은 모험심을 끝없이 자극했기 때문이다.

북부로 여행 오는 대륙의 다른 지역 유저들도 날로 늘어났다.

"러셀리트 산맥으로 가실 분. 빨리 오세요. 지금 바로 출발합니다."

"탄로아 폐광 사냥단 조직합니다. 기본 규모는 200명 이상으로 잡고 있습니다. 폐광에 있는 몬스터들을 처리해 달라는 드워프들의 의뢰입니다."

기대했던 것보다 훨씬 좋은 환경에, 모라타에 처음 온 유저들은 적응하기가 힘들어 당황하곤 했다.

대성당과 대도서관 같은 역사적인 건축물들이 있다는 사실은 알고 왔다. 프레야 여신상, 빛의 탑에 대한 이야기도

들은 바가 있었다. 그런데 실제로 와 보니 조각품과 미술품이, 말 그대로 온 사방에 널려 있는 것처럼 많았다.

다른 지역에 비하여 문화 예술이 굉장한 우대를 받았고, 공연도 곧잘 벌어진다.

볼거리, 즐길 거리 그리고 프레야 교단의 풍요로움의 은총을 받아서 먹을거리가 끊이지 않았다.

축제가 자주 열리며 흥청망청 노는 분위기인가 싶으면, 아침 일찍부터 사냥과 퀘스트를 위하여 광장에 사람들이 몰렸다.

잡템 가격도 제대로 다 못 외운 상인들이 거리에 앉아서 장사를 하고 있었으며, 초보자들은 그들끼리 신 나서 뛰어다녔다.

시끌벅적하고 유쾌한 분위기가 흐르는 멋진 도시였다.

원정대를 만들어서 사냥과 퀘스트를 가자면서 모이자고 하면 100명 정도는 금세 뭉쳤다.

사냥터로 향하는 그들의 표정에는 즐거움이 가득하다.

"왜 사람들이 모라타가 천국이라고 했는지 알겠어. 여기서는 정말 사냥할 맛이 나겠는데?"

"물가도 다른 곳보다 훨씬 저렴하고, 돌아다녀 볼 장소도 많고. 상업도 발달하고 있으니 여기서 지내면 부족할 게 없겠네. 진작 모라타에 왔으면 좋았을 텐데."

다른 지역은 어딜 가나 억압되고 폐쇄적인 분위기가 조금

씩은 있다. 광장에서도 지배 길드의 눈치를 살펴야 하고, 그들을 거스르지 않기 위해서 항상 신경을 써야 되었다.

그에 반해 모라타는 자유분방했고, 모험을 적극적으로 장려했다.

위드는 예술가만이 아니라 모험가에 대한 대우도 흡족하게 해 주었다. 모험 발견물이나 의뢰에 대한 보상에 매달 재정을 16%나 책정했다.

다른 어느 지역을 뒤져 보더라도 비교도 안 될 만큼의, 압도적인 최고의 수치였다.

다른 마을에서는 기껏 해 봐야 재정의 2%, 3% 정도만을 쳐주는 수준이었다. 유저가 직접 운영하는 도시에서는 아무 보상도 안 주는 경우도 흔했다.

어차피 아쉬운 건 모험가들일 테니 별 필요를 느끼지 못하는 영주들이 자금을 인색하게 쓰는 것이다.

그러나 위드는 모험을 중요하게 생각했다.

북부 대륙에 잠들어 있는 장비들이나 보물, 발견물, 유물, 책 들을 가져오면 도시가 더욱 발전한다. 도시를 성장시키는 일이야말로 향후 세금을 더 많이 거둘 수 있는 지름길이라고 보았기에, 모라타가 커진 이후에도 모험에 돈을 아끼지 않았다.

모라타에서는 퀘스트가 봇물 터진 것처럼 생겨나고, 사람들은 의뢰를 받아 어디로든 떠난다.

"죽을 위험을 무릅쓰며 고생을 해 주겠다는 사람들이 있

는데 말릴 필요가 없지."

세금을 위한 발전지상주의!

위드와 모라타 그리고 몬스터의 공격을 받으면서도 눈부시게 변화하는 바르고 성채까지, 게임 방송사들은 많은 뉴스를 내보냈다.

하지만 최근에는 베르사 대륙을 더욱 큰 충격에 휩싸이게 만드는 사건이 터졌다.

헤르메스 길드의 전격적인 칼라모르 왕국 침공!

국지전이야 자주 있었지만 요새와 성을 점령하고 영토를 흡수하였다.

"헤르메스 길드가 다시 진격을 하고 있습니다."

"지금 이곳의 상황은 대단합니다. 헤르메스 길드의 군대가 칼라모르 왕국의 국경 수비군을 압도적으로 격파했습니다."

"바드레이가 선봉에 보입니다. 그가 전쟁에 직접 참여하고 있습니다."

"흑기사의 무력, 그 짐작이 불가능한 힘! 바드레이의 활약을 직접 보십시오."

"헤르메스 길드의 유저들 대략 10만 명 정도가 진격하고 있습니다. 지금 마법사들이 펼치는 마법이 적진에 쏟아지고 있습니다!"

헤르메스 길드의 거대한 힘이 방출되고 있었다.

하벤 왕국과는 앙숙 관계인 칼라모르 왕국까지 잡아먹으

려고 했다.

 방대한 곡창지대와 자원 그리고 기술까지 얻게 되면, 하벤 왕국은 중앙 대륙에서 명실상부한 최강 국가로 떠오르리라.

 헤르메스 길드는, 누구도 거스를 수 없는 제국으로 거듭나기 위하여 전쟁을 일으켰다.

 갈수록 모습을 드러내는 군대의 힘에, 모든 유저들이 경악을 금치 못했다.

 위드는 헤르메스 길드가 칼라모르 왕국을 침공하여 승승장구하고 있다는 소식을 바르고 성채에서 들었다.

 "여기 다 됐습니다. 34골드요."

 "고맙습니다. 소중하게 잘 쓸게요."

 평소 하던 대로 대장장이 스킬, 재봉 스킬을 이용해서 가끔씩은 장사를 했다. 대장장이 스킬이나 재봉 스킬도 너무 오래 쓰지 않으면 실력이 감소하는 경우가 있기 때문이었다.

 조각품도 계속 만드는 도중에 상인들이 떠드는 소리가 들렸다.

 "헤르메스 길드가 정말 엄청난 군대, 입이 떡 벌어질 정도의 화력으로 칼라모르 왕국을 잡아먹고 있다는군!"

 위드는 마침 특수한 나무를 재료로 하여 독수리를 만들던

참이었다.

독수리의 느낌을 살리기 위해서는 섬세하게 조각을 해야 한다. 고고한 기상과 자유로움을 표현해야 하기 때문이다.

손끝을 바짝 긴장해 조각품을 만들면서 상인들의 대화에 귀를 기울였다.

"칼라모르 왕국이 언제까지 버틸 수 있을까?"

"못 버틸 거야. 헤르메스 길드가 그렇게 굉장한 힘을 갖추고 있는 줄은 정말 몰랐지 뭔가. 이번엔 칼라모르 왕국의 국경 수비군을 완전히 박살을 내 버렸어. 6만 명 중에 살아남은 병사가 몇 안 된다더군."

까드득!

위드의 조각칼이 실수로 독수리의 옆구리에 길쭉한 생채기를 만들었다.

"헤르메스 길드의 레벨 400이 넘는 강자들이 나서서 호스란 요새를 부수고 점령하는 데 2시간도 안 걸렸지. 방송에서도 헤르메스 길드의 군대가 이 정도로 엄청날 줄은 몰랐다지 않는가."

"정말 그렇게 강해?"

"보병대는 대륙 최강이라고 해도 전혀 과언이 아니고, 전쟁에 동원한 인원만 해도… 어휴, 그냥 말도 안 나올 수준이야. 이름만 들어도 알 수 있는 랭커들이며, 아주 날고뛰는 유저들이 즐비해."

"그래도 위드 님에게는 안 되겠지?"

"뭐… 위드 님에게는 헤르메스 길드라고 해도 한 수 접어 줘야 하지 않을까?"

"위드 님이야말로 전쟁의 신이니까. 헤르메스 길드도 두 번이나 물리쳤잖아."

위드는 그냥 묵묵히 조각품만 만들었다.

얼떨결에 완성된 조각품은 고개 숙인 대머리독수리!

-조각사로서의 명성에 비하여 실망스러운 작품을 탄생시켰습니다.
 명성이 15만큼 줄어듭니다.

다행히 구석에서 조각품을 만들고 있었기에 상인들의 눈에 바로 띄지는 않았다는 점이 위안거리였다.

바르고 성채에는 아직 선술집이 없었기에 방송국의 영상을 볼 수는 없었다. 그래도 헤르메스 길드의 위용이 대략 짐작은 갔다.

어느 한 성이나 도시만 점령하고도 운용할 수 있는 재정이나 병력이 상당하다. 위드만 하더라도 모라타를 북부 최고로 발전시키고 나니 매달 거둬들이는 세금이나 영토가 굉장했다.

중앙 대륙의 노른자위라고 할 수 있는 하벤 왕국을 통째로 집어삼켰으니 그 세력이란 얼마나 대단하단 말인가.

헤르메스 길드가 커질수록 위드의 영역은 좁아질 수밖에 없다.

지금도 중앙 대륙으로 자유롭게 돌아다닐 수는 없는 처지였지만, 만약에 헤르메스 길드가 중앙 대륙을 완전히 차지한다면!

'발전도가 뒤떨어지는 북부나 동부, 서부, 남부의 장악도 시간문제.'

위드는 고립되어 사냥당할 수밖에 없다.

지금도 그를 노리는 암살자들이 어디서 다가올지 모르는 실정이었다.

바르고 성채에서는 위드의 편이 되어 줄 유저들이 많아서 암살자들이 활약하기 곤란했지만, 다른 지역에서는 현상금 냄새를 맡은 방해꾼들이 난리를 칠 것이다.

'내게 남아 있는 건 조각술 마스터 퀘스트 그리고 조각술 최후의 비기! 헤르메스 길드나 다른 명문 길드들이 지금보다 더 커져서 이것으로도 안전을 지킬 수 없다면 조각 변신술로 계속 외모를 바꾸고 정체를 감추며 대륙을 방랑할 수밖에 없겠지.'

위드는 여행을 떠날 준비를 했다.

조각술을 마스터하려면 아직은 시간이 조금 필요하다. 최후의 비기도 얻으면 좋겠지만, 조각술을 조금 더 키우는 게 우선이라서 조각술 마스터 자하브부터 만날 작정이었다.

붉은 갈대의 숲.

페어리의 여왕 테네이돈이 퀘스트에서 말했던 지역에는 어쌔신들이 매복하고 있었다.

그들은 규정상 말하면서 소리를 내지 않고 귓속말을 했다.

-위드는 언제쯤 이곳에 오겠습니까?

-기다리면 꼭 온다.

어쌔신들은 수풀 속, 나무 위에 배치되어 있었다.

그들은 지루한 기다림에 익숙했다.

경지에 오른 암살자들은 보통 사냥하는 것보다, 강한 자를 죽이면 경험치와 숙련도가 더 많이 오른다. 위드를 죽이기 위해서 벌써 퀘스트를 하기 위해 올 장소를 선점했다.

"위드가 이곳에 오기로 했다고 그랬지?"

"놈만 잡을 수 있으면 헤르메스 길드로부터 한몫 단단히 챙길 수 있을 거야. 장비도 완전히 다 바꾸고, 스킬 북도 달라고 요구해야지."

"전쟁의 신 위드. 그러니까 나타나기만 하면 일제히 공격하는 거야."

"체면 같은 걸 차릴 필요는 없어. 그리고 보상은 동등하게 나누기로 하고."

일확천금을 노리는 현상금 사냥꾼도 붉은 갈대의 숲을 돌아다녔다.

솔직히 현상금 사냥꾼들 중에서 올바른 인간은 얼마 안 된다. 배신이나 배반은 웃으면서 저지르고, 죄책감도 전혀 느끼지 못했다.

서로가 그렇다는 걸 뻔히 아니 믿을 수는 없는 노릇이었지만 일단 힘을 합치기로 했다.

"놈이 오기만 하면……."

"죽은 목숨이지!"

"크흐흐흐, 한밑천 제대로 챙겨서 헤르메스 길드에 가입이나 해야지."

"우리를 받아 줄까?"

"헤르메스 길드에서는 힘만 있으면 받아 준다더군."

"그러면 무조건 들어가야지. 가입한 것만으로도 떵떵거리면서 살 수 있으니까 말이지."

이현은 다크 게이머 연합의 정보 게시판으로 들어갔다.

자하브가 떠났다는, 대륙의 10대 금역 중 한 곳인 그라페스 지역에 대한 정보를 모으기 위해서였다.

"어디, 괜찮은 정보가 많이 있으려나?"

나이 든 시녀로부터 퀘스트를 받은 것도 오래전이었다. 그

후로 그라페스 지역을 모험한 사람들이 남긴 정보가 많이 축적되어 있을 것으로 기대했다.

실제로 금역에 도전했던 유저들은 많았지만, 레벨 100이나 200대들의 이야기들은 가뿐히 넘어갔다. 대충 훑어만 보았는데, 몬스터들이 너무 강해서 전멸한 이후 나중에 다시 와야겠다고 하는 내용들이 많았기 때문이다.

괜히 왔네요. 낮에는 그런대로 사냥을 할 만도 한데, 밤에는 정말 무섭습니다. 탐험자 레벨 351. 비슷한 레벨의 파티원 7명과 함께 왔음.

황무지에는 커다란 유충들이 있습니다.
가까이 다가가면 대형 웜들이 잡아먹으려고 나타나니 절대로 가지 말 것. 탐험자 레벨 369.

그라페스 지역이 많이 알려져 있지는 않죠. 남들이 사냥하지 않는 장소에서 성장하기 위하여 팀을 짜서 왔습니다. 다크 게이머로 잔뼈가 굵은 사람들 7명으로요.
돌벽이 세워진 평야에서는 사냥을 할 만합니다. 밤에는 마수들이 우글거리는데요, 사냥을 위해서는 눈치가 굉장히 좋아야 합니다.
전투에서 이기면 마법 봉인용 보석을 획득할 수 있습니다. 탐험자 레벨 382. 7인 파티.

그라페스 지역에서 지금도 가끔씩 사냥이 이루어지는 모양이었다.

어느 정도 레벨이 오르다 보면 사냥터가 중요해지는 시기가 찾아온다. 특히 다크 게이머들의 입장에서는 성장뿐만 아니라 몬스터들이 떨어뜨리는 아이템도 중요해서, 시도가 꽤 많이 이루어졌다.

초창기에는 레벨 100이나 200대의 유저들도 겁 없이 들어갔지만 깨끗하게 몰살하고, 요새는 보통 300대들이 심심찮게 들어간다.

다크 게이머들 중에는 레벨 400대의 유저들도 물론 꽤 되겠지만, 그들은 이런 정보 게시판에 글을 올리지는 않았다. 그들 정도의 레벨이 되면 사냥 방식이나 사냥터에 대한 이야기들이 너무나도 중요하기 때문에 남들에게 잘 말하지 않는 것이다.

퀘스트나 던전 사냥에 대해 알고 있는 정보들만 하더라도 다크 게이머 연합에서의 등급을 유지하는 데에는 별 어려움이 없기도 했다.

"레벨이 400 정도 되면… 그럭저럭 버틸 수는 있는 모양이군."

그라페스 지역의 몬스터들이 떨어뜨리는 마법 봉인용 보석들은 미스릴처럼 비싸게 거래된다.

마법을 부여할 수 있는 보석들만 전문적으로 찾아다니는

사냥 팀이 그라페스에도 몇 파티 있다고 한다. 대륙 최고의 다크 게이머들과 전사들이라고 해도 과언은 아니었다.

다만 출몰하는 몬스터들이 있는 지역에 주로 머물고 있기 때문에 그들을 만날 가능성은 매우 낮았다.

"일단 조각술 마스터 자하브에 대한 이야기는 아직 없는 것 같고……."

자하브를 만나 본 사람이나, 혹은 거주하고 있는 집의 주소를 알아낸다면 결정적!

날로 먹을 수 있는 퀘스트가 되겠지만, 그런 운이 없더라도 자하브를 찾기가 아주 힘들 것 같지는 않았다.

'그라페스 지역에 몬스터가 아닌 인간이 머문다면 어떤 식으로든 티가 나기 마련이지. 와이번을 타고 쭉 훑어보기만 해도……. 몬스터 때문에 공중도 위험하다면 다시 까마귀로 변신해서 찾아보는 방법도 있으니까.'

이현은, 그러고 보면 스스로 참 기특한 면도 있다고 생각했다. 일찍부터 어려운 퀘스트를 많이 했더니 대륙 10대 금역 중의 한 곳인 그라페스로 떠나야 되는데 마음의 부담도 별로 없었다.

"항해해서 들어가야 하는 지골라스보다는 가까우니까 좋지."

어떤 어려움이 있더라도, 하늘이 무너지고 땅이 갈라지더라도 대충은 살아남을 것 같은 생존력에 대한 자신감!

위드는 조각 생명체들을 불렀다.

빙룡, 와이번, 불사조, 금인이, 누렁이, 황금새, 은새는 최근 사냥에 많이 지쳐 있었다. 빙룡의 레벨은 470, 와이번들을 빼면 다른 생명체들도 지속적인 사냥으로 인하여 400대 중후반 정도였다.

"너희에게 기쁜 소식을 알려 주겠다."

위드는 지쳐 있는 조각 생명체들의 사기를 높여 주기 위하여 말했다.

"당분간 사냥은 좀 쉬자."

"골골!"

금인이는 좋아하면서도 큰 소리로 웃지는 못했다. 기쁜 내색을 하면 또 어떤 트집을 잡아서 괴롭힐지 모르기에!

"음머어어어. 난 주인의 뜻이라면 받아들이기는 하겠다."

성질 더러운 주인에게 단련이 되어서 내숭과 가식은 기본이 되었다.

누렁이도 관심 없는 듯 근처에 있는 풀이나 뜯어 먹었지만, 귀를 쫑긋 세우며 그 말이 진심인지 궁금해했다.

"걱정 마. 그냥 해 보는 말이나 농담은 아니니까."

위드가 지금까지 사기에 횡령, 강제 노역을 시키긴 했지만, 거짓말은 잘 안 하는 편이었다.

"그리고 우리 여행이나 가자."

여행!

길을 떠나며 만나는 많은 인연들과, 일상을 떠나서 얻게 되는 즐거움.

불사조가 입에서 불을 내뿜으면서 좋아했다.

"크롸롸롸. 정말 가는 것인가?"

빙룡도 주인이나 다른 생명체들과 다녀 본 곳이 많진 않은 편이라서 기뻐했다.

"신선한 풀이 자라는 장소면 좋겠다."

누렁이는 등 따뜻하고 배부르면 어디든 천국이었지만, 여행을 가서 맛있는 음식을 먹고 쉬는 것도 나쁘지 않을 거라고 생각했다.

황금새와 은새는, 원래 조류인 탓에 어디든 잘 돌아다니기 때문에 마냥 행복해하는 편이다.

위드의 말이 이어졌다.

"어디로 가냐면, 그라페스라고… 대륙 10대 금역 중의 한 곳인데, 같이 가자!"

여행이 아니라, 집 떠나면 생고생이라는 말을 정확히 떠올리게 하는 발언.

조각 생명체들은 갑자기 가고 싶지 않아졌다.

"이곳에 머무르며 열심히 사냥을 하면서 강해지겠다. 그러니 거기는 주인 혼자 다녀오는 게 어떻겠는가?"

빙룡이가 순진한 척 맑은 눈을 번뜩이며 말했다. 하지만 위드에게는 씨도 안 먹힐 소리였다.

"같이 가야지. 이런 즐거운 여행에 빠지면 안 되잖아."

"여기 주변에 몬스터들이 많다. 주인이 얻은 새로운 땅을 지킬 필요가 있을 것 같다. 나 빙룡은 철저하게 몬스터를 막아 내겠다."

"그러지 않아도 돼. 걔들도 먹고살아야지. 다 살자고 하는 짓인데, 너무 나쁘게만 보면 안 돼."

몬스터에 대한 박애 정신이 갑자기 생겨났다.

"모라타는 블랙 이무기와 킹 히드라가 잘 지키고 있고, 이곳 근처로도 다른 조각 생명체들을 불러 놓을 거야."

과거 북부동맹군과 싸우기 위해서 조각했던 블랙 이무기와 킹 히드라.

그들은 모라타 주변에서 몬스터들을 해치우며 묵묵히 치안에 공헌을 하였다. 은근히 레벨도 많이 높아지고, 부자도 되었으리라.

블랙 이무기의 경우에는 특히 야비하고 약삭빠른 면이 있었다. 레어라면서 동굴을 차지하고 보물을 챙겨 놓는다는 이야기를 은새의 고자질을 통해 들었다.

"완전히 못된 날개 달린 까만 뱀이에요. 작으면 지렁이처럼 한입에 먹어 삼킬 텐데. 쩍쩍! 제가 살이 찔까 봐 참는 거예요. 근데 맛있는 고기를 달라고 해도 주지도 않고, 레어 부근

에 둥지를 틀려고 했는데 못 들어오게 했어요. 뭔가 감춰 놓은 것 같아요."

"그래그래. 황금새는 어떠니?"

"별로 관심은 없지만! 저를 잘 챙겨 줘요. 몬스터도 사냥하는 것 같고요. 누렁이는 게을러진 것 같아요."

"앞으로도 친구들의 이야기는 잘 알려 줘야 한다."

치안의 악화를 막기 위해서 바르고 성채에도 조각품에 생명 부여를 해서 지키게 하는 게 좋겠지만, 굳이 새로 만들 필요 없이 지골라스에서 데려온 생명체들에게 맡겨도 된다.

인간들이 잘 찾아오지 않는 숲이나 산에서 몬스터의 서식지를 찾아다니며 싸우는 게 아니라, 성벽 내에서 주민들과 함께 전투를 할 수도 있으리라.

위드는 바르고 성채를 힐끗 쳐다보았다.

점점 단단하고 두껍게 쌓여 가는 성벽과, 공성전에서 지키기 위한 군사시설들!

병사들을 양성해서 지역의 몬스터를 몰아내고 성채를 지키고 있다. 경제 발전보다도 안전이 우선이었다.

유저들도 퀘스트를 받으면서 전투를 할 테니 주변에 들끓는 몬스터들도 약간은 줄어들게 될 것이다.

유저들이 성장하고, 모험의 결과물이 쌓이게 된다. 군대가 힘을 갖추면 광산과 황무지를 점령하고 개발도 할 수 있을 것이다.

그때 와삼이가 불만스럽게 구시렁거렸다. 일부러 위드가 들으라는 듯이 말했다.

"우리는 자유롭게 살고 싶은 욕구도 있다. 언제까지 주인을 따라다니기만 해야 하는 것인가."

완전한 독립을 이루고 싶다는 소원을 와삼이가 이야기했다.

위드가 대답했다.

"같이 행복하게 살자꾸나. 사냥도 다니고 이렇게 여행도 하고……. 평생 행복할 거야. 기왕이면 10대 금역을 다 한번쯤은 가 봐야 되지 않겠니."

"……."

조각 생명체 전체의 사기를 하락시키는 말이었다.

"위드 님이 요즘 이곳에 계시다면서요?"

"검을 만들어 달라고 부탁할 게 있었는데… 모라타의 다른 대장장이들도 할 수는 있지만 위드 님이 만들어 주시면 더 좋을 것 같아요."

유저들이 장비를 맞추기 위하여 모라타에서 일부러 바르고 성채까지 찾아왔다.

위드가 만든 장비들은 섬세한 미적 감각으로 장식되어 있었다. 조각술로 검이나 갑옷, 부츠에 특수한 무늬들을 새겨 주었던 것이다.

물론 수고비는 다른 대장장이보다 훨씬 많이 받았다.

대신 고급 8레벨에 이르는 손재주로 인하여 흠이 없고 단단해서 내구력이 극히 뛰어났다.

위드가 만든 장비는 다른 사람들에게 자랑거리도 될 수 있었으므로 일부러 찾아오는 수고를 아끼지 않았다.

대장장이든 재봉사든, 실력을 기본으로 갖추고 유명해지면 그 뒤로는 일감 걱정은 하지 않아도 되었다. 물론 지긋지긋한 노동으로 인하여 질려 버릴 가능성은 높았지만!

"네? 위드 님이 떠났다고요?"

"모라타에서 일부러 여기까지 왔는데……. 벌써 붉은 갈대의 숲으로 퀘스트를 하러 가셨나요?"

바르고 성채에서 위드가 사라졌다.

하지만 건축가들에 의해서 보수 작업이 계속 진행되었고, 성기사와 사제, 검치 들도 새로 온 유저들과 함께 사냥과 퀘스트에 바빴다.

모라타에서 온 주민들이 내거는, 필요한 물건들을 구해 달라는 간단한 의뢰는 상인들이 대부분 해결했다. 하지만 엘프, 바바리안, 드워프, 페어리까지도 자주 오는 바르고 성채라서 다양한 퀘스트들이 수시로 만들어졌다.

모험과 전투가 많이 이루어지면서, 상인들에 의하여 잡화

점을 비롯하여 무기점, 방어구점, 약초방, 귀금속점 등이 세워졌다.

"위드 님의 땅, 그리고 모라타의 주민들이 옮겨 간 장소에 신앙을 전달해야 합니다."

프레야 교단에서도 신전을 건립하기 위하여 공사에 들어갔다.

위드에 대해 정확한 정보를 알지 못하는 유저들로서는 그저 추측해 보는 수밖에 없었다.

"붉은 갈대의 숲의 퀘스트를 하러 가셨나 봐."

"정말 헤르메스 길드를 두려워하지 않으시는군."

"위드 님은 다르기는 달라."

이 소문이 퍼지면서 현상금 사냥꾼들은 더욱 애타게 기다렸다.

헤르메스 길드에서도 혹시 모를 사태에 대비하여, 세 번의 패배는 없다는 생각으로 공격대를 붉은 갈대의 숲으로 보냈다.

서윤은 북부의 깊은 곳을 떠돌며 사냥했다.

위드를 따라서 갔던 지골라스에서도 힘의 부족함을 느꼈다.

'지금보다 더 강해져야 해.'

던전을 돌면서 혼자라는 어려움을 겪어 가며 사냥을 했다.

광전사로서 매번 혼자 다녀 왔기에 특별히 새로운 일도 아니었다. 함정에 부딪치고, 몬스터의 습격에 당하고, 독에 중독되었다.

광전사의 스킬들은 죽을 고비를 넘겨야, 강한 적과 싸워야 늘어난다.

서윤은 몬스터들이 가득 몰려 있는 장소로 들어가서 전투를 하고 살아 나왔다.

'반드시 돌아가야 해.'

서윤은 이러한 과정을 지나면서 레벨을 높이고, 공격 스킬들을 완성시켜 갔다. 위드에게 위험한 일이 벌어지면 지켜주기 위해서였다.

페어리의 여왕 테네이돈의 퀘스트도 따라가서 도와줄 생각을 하고 있었다.

가끔 그녀는 위드에게 귓속말을 보내곤 했다.

-새로운 던전을 발견했어요. 몬스터들이 많아요. 레벨대도 높아서 제가 사냥하기에는 정말 좋은 던전인 것 같아요.

바쁜 일만 없다면 위드는 바로바로 대꾸를 해 줬다.

-축하해.

그리고 그날 저녁쯤.

-몬스터들을 사냥하고 단검을 하나 구했어요. 전에 쓰던 것보다 훨씬 좋아요.

-자, 잘됐구나.

그리고 다음 날 아침.

-보스 몬스터를 사냥했어요.

-무, 무사히?

-힘들었지만, 호위 몬스터들부터 제거하고 나서 사냥에 성공했어요.

서윤은 몬스터를 끌어들이기도 하고 위험도 무릅쓰면서 천신만고 끝에 몸에 붕대를 감으면서까지 승리했다. 위드에 대한 마음이 없었더라면 이렇게까지 사냥을 집중해서 하진 않았을 것이다.

-아이템은?

-샤프 슈터 헬멧이라고… 저한테는 필요하지 않은 걸 얻었어요. 나중에 모라타에 가서 팔아 버릴 거예요.

샤프 슈터 헬멧!

궁수들이 눈에 불을 켜고 찾는다는 장비가 아니던가.

명중률은 물론이고 사거리, 관통력까지 다 늘려 줘서, 궁수에게는 더 이상 좋을 수가 없는 아이템.

레벨 400대가 넘는 고레벨 유저들은 활까지 팔아서 사고 싶어 할 정도라고 한다.

비싼 건 두말할 필요도 없고, 모라타에서 판다면 무기 상인들이 펄쩍 뛸 일이었다.

-그, 그렇구나.

이렇게 일상적인(?) 일 이외에도, 서윤은 기쁜 일이 있을 때마다 위드에게 알렸다.

-레벨이 올랐어요.
-벌써?
-조금 전에 아이템을 하나 주웠어요.
-또?
-미친 전사의 춤 스킬 레벨이 올랐네요.
-이렇게 빨리?
-축하해 주세요. 퀘스트 성공했어요.
-……

서윤은 위드와 대화를 나누는 게 좋아서 더 많이 사냥을 했다.

그녀가 다니는 던전은 위드가 갈 수 있는 장소보다 한두 단계는 위였다. 위드의 사냥 속도는 가히 베르사 대륙에서 손꼽힐 정도라고 해도 과언이 아니다. 그런데 서윤도 이에 뒤지지 않았다.

던전에 들어가기 시작하면 그때부터 스킬들을 난무하며 끝까지 돌파하는 광전사처럼 독한 직업도 없다.

대신에 혼자서 그런 험한 전투를 하다가 죽을 위험이 높고, 생명력을 채우거나 쉬지 않고 싸워야 전투력이 최고로 유지되기 때문에 그만큼 힘들기가 이루 말할 수 없을 정도다.

던전 사냥을 마치고 나서는 몸에 힘이 쭉 빠져서 회복할

때까지 시간도 걸렸다.

서윤은 그런 시기에는 다른 던전을 찾거나 간단한 퀘스트를 하며 보냈다.

-적보라의 보석이 뭐예요? 여기서 계속 나와요.

-그, 그걸 또 주웠니. 그건 인챈터에게 팔 수 있는 보석이야.

위드는 모르는 게 없었기에 대화를 나눌 때마다 적지 않은 도움도 되었다.

서윤은 던전 사냥을 마치고 나서 나무에 기대어 쉬며 물었다.

-바르고 성채에 계속 있을 거예요?

-아니. 조각품도 완성시켰으니 이젠 떠나야지.

-붉은 갈대의 숲으로요?

만약 그렇다고 하면 서윤은 위드보다 먼저 가서 현상금 사냥꾼이나 암살자 들을 쓸어버릴 생각을 했다.

큰 싸움이 되겠지만 어차피 승산을 따지고 하는 일은 아니었다.

-지금 벌써 대륙 10대 금역의 한 장소인 그라페스로 출발했어. 그곳에 하지 못한 퀘스트가 있어서.

서윤은 목적지를 듣자마자 배낭에서 지도를 펼치고 그라페스가 있는 방향을 찾아서 걷기 시작했다.

위드가 가는 장소이니 당연히 그녀도 가야 하지 않겠는가.

불사의 군단 퀘스트를 할 때에야 주로 언데드로 진행이 되었고, 레벨도 올리고 여행 비용을 벌기 위해 바빠서 따라가지 못했다.

하지만 지금, 서윤은 위드를 만나기 위하여 그라페스 지역으로 향했다.

-그라페스 지역으로 갑니다. 나중에 또 같이 사냥하죠. 그때는 맛있는 상어 매운탕을 끓여 드리겠습니다.

위드는 귓속말을 통해 자주 함께 사냥을 하던 페일 일행에게도 알려 주었다.

화령은 굽이 높은 구두를 부츠로 바꿔 신었다.

"저도 그라페스 지역으로 가야겠어요."

"언니, 정말? 그곳은 너무 위험하다던데……."

벨로트가 말리려고 했지만 화령의 고집도 질긴 편이었다.

"위드 님과 같이 고생하면서 거리를 좁혀 나가야지. 단둘이 사냥도 하고 모험도 하고 밥도 먹고……. 우린 그런 시간이 필요했어."

매일 밤 매혹적인 춤으로 위드의 정신을 홀려 놓으려는 계산마저 끝났다. 새 앨범을 준비하며 안무가와 짜 놓은 춤을 그에게 먼저 보여 주려는 것이다.

화령은 그를 위해 상인들을 통해 중앙 대륙에서 가장 예쁜

드레스와 액세서리까지 사재기를 끝낸 후였다.

"그러면 저희도 같이 가죠."

페일이 그녀의 안전을 위하여 따라나서려고 했지만, 화령은 고개를 저었다.

"절대 오면 안 돼요!"

"네?"

"오붓한 시간에 방해가 될 테니까."

"……."

10대 금역이라고 해도, 화령의 열정 앞에는 데이트 장소에 불과했다.

화령은 말을 타고 그라페스 지역으로 출발했다.

검치는 외로이 길을 걸었다.

그는 로자임 왕국과 절망의 평원을 오가면서 지내고 있었다.

"당분간 할 일이 없겠군."

친하게 지내던 여성 유저의 가족과 많은 정을 쌓았다.

하지만 그녀가 얼마 전 3개월간 외국으로 연수를 다녀온다며 떠났기에 오붓하게 같이 사냥을 할 수는 없는 처지였다.

"둘째도 바쁘고……."

검둘치는 오크 세에취와 같이 부족 놀이에 흠뻑 빠졌다.

오크 로드!

세에취가 수행하는 퀘스트를 함께하면서, 오크들과 더불어 절망의 평원과 유로키나 산맥을 뛰어놀고 있었다.

오크 3마리가 밥만 먹고 쑥쑥 자라서 1달 후면 20마리가 된다. 다시 1달이 지나면 100마리 이상으로 늘어났다.

물론 아직은 세에취의 지휘력이 낮아서, 독립을 하고 싶다면서 혼자 나가는 오크도 많았다.

하지만 대부분은 부족에 남아서 같이 전투를 하고 영역을 넓혀 나갔다. 검둘치와 세에취와 함께 사냥을 하면서 죽기도 하고, 강해져서 오크 전사나 워리어가 되기도 했다.

오크들만큼 금방 자라고 금방 규모가 커지는 종족도 없었다.

"재미있게 지내는 다른 놈들이 부럽기도 하구나."

베르사 대륙의 북부에 있는 제자들도 유명한 전투에 참여하고 텔레비전에도 나오면서 검치는 씁쓸한 기분이 들었다.

나이가 들수록 조용하고, 혼자 지내는 시간을 보내기를 바랄 것이라는 건 크나큰 착각!

"힘으로 때려 부수고, 몸을 움직이는 게 최고지."

― 마음의 수련이 중요하다.
― 검에 담겨 있는 힘을 다스려라.

제자들에게 언제나 말해 왔다.

하지만 힘을 가졌으면서 쓰지 않는다면 그거야말로 화병의 지름길!

"이번 기회에 자유의 시간을 누려 봐야겠군."

검치는 여행을 하기 위해서 로자임 왕국의 수도로 갔다.

여러 사냥터와 던전, 주변 왕국으로 가기 위해 사람들이 광장에 모여 있었다. 그리고 어느 한구석에서 누군가가 외치고 있었다.

"북부로 모험을 떠나실 분 함께 갑시다! 전쟁의 신 위드가 다스리는 북부로 가서 같이 정착하실 분! 일단 모라타로 가고, 원하시는 분은 바르고 성채로도 갑니다."

상인들이 유저들을 포섭하고 있었다.

마차로 브렌트 왕국으로 가서 배를 타고 북부로 이동하는 경로였다.

운송을 위해서 어차피 북부까지 가야 할 경우, 최근 모라타로 이주하는 데 관심이 많은 유저들을 데려간다면 교통비를 벌고 몬스터로부터 호위도 되었다.

여행하는 동안 말상대도 할 수 있고 장기적으로 고객으로 삼을 수도 있을지 모르기 때문에, 북부로 떠나는 여행자들을 적극적으로 구했다.

"어디 놀러나 가 볼까?"

검치는 제자들도 만날 겸 상인을 따라가기로 했다.

자하브의 예술품

The Legendary
Moonlight Sculptor

"끄아아아아악!"

와이번 떼가 날개를 쫙 펼치고 비행했다. 빙룡, 불사조, 황금새, 은새도 뒤를 따랐다.

조각 생명체들끼리의 오붓한 이동이었지만, 이들의 레벨을 감안한다면 무지막지했다.

흰 구름 위로 비행을 하다 보면 가끔씩 높게 나는 큰 새들을 지나친다.

위드는 와삼이의 등에, 누렁이와 금인이는 와일이와 와둘이에 탔다.

"먹고 가면 안 될까?"

"맛있겠다!"

와오이, 와육이, 와칠이는 편하게 날 수 있었으므로 쫓아가서 통째로 삼키고 돌아왔다.

"냠냠, 역시 맛있군."

"비린내 하나 안 나네."

그렇지 않아도 와삼이는 불만이 이미 한계치까지 누적되어 있었다.

"주인."

"왜?"

"다른 와이번들도 많이 있는데 왜 항상 내 등에 타는 건가?"

"그래서 싫냐?"

"그런 건 아니지만, 사람을 태우려니 무겁기도 하고 힘도 많이 들고 억울하기도 하고……."

위드는 넓적한 등판에 드러누우며 말했다.

"널 만들 때만 귀찮아서 등을 그냥 평평하게 했거든."

"케애액."

"집의 장판에서 뒹굴 때만큼 편해서 다른 와이번은 탈 수가 없어. 네가 최고야."

와삼이는 비밀을 알고 더욱 괴로워질 수밖에 없었다.

그라페스는 중앙 대륙에 있는 아이데른 왕국의 영역으로, 몬스터로 들끓는 지역이었다.

위드가 있던 바르고 성채에서는 꽤나 먼 거리였지만, 조각

생명체들을 타고 단숨에 날아왔다.

"넓이로 볼 때에는… 오래 걸려도 대충 20일이면 찾을 수 있겠지?"

반사적으로 다른 10대 금역의 한 곳인 지골라스에서 고생했던 일이 떠오르려고 하였지만, 그라페스 지역은 그렇게 넓은 장소는 아니다.

지골라스에서처럼 지하 던전들이 미로처럼 답답하게 이어져 있다는 말도 들은 바가 없었으므로, 자하브를 만나기가 그렇게까지 어렵지는 않으리라 판단했다.

위드는 예전에 받은 목조품을 꺼냈다.

늙은 시녀는 목조품에 자하브의 안식처가 안내되어 있다고 말했다. 목조품에는 물의 정령이 그려져 있었다.

"물이 있는 쪽부터 수색을 해 봐야 되겠군. 자하브가 아직도 살아 있다면 말이지. 어쨌든 몬스터들 때문에 엄청 위험한 장소니까!"

로열 로드에서는 유저가 아닌 원래 살던 주민이라고 해도 죽음을 겪을 수 있다.

유저는 페널티를 받고 되살아나면 되지만, NPC는 죽음으로 끝!

자하브가 이미 죽었다면 퀘스트는 중도 포기해야 된다.

어떤 직업의 마스터라고 해도 당사자가 죽거나 실종되면 관련 퀘스트와 기술 들이 사라진다.

물론 다른 재능이 있는 자들이 마스터가 되어서 새로운 비기를 만들 수도 있고 상황에 따라서 퀘스트들이 새로 생성되기도 하지만, 기약 없는 일이었다.
　위드가 사실 늙은 시녀의 퀘스트를 지금까지 끌어온 것은 상당히 위험한 일이었던 셈이다.

　"이제 슬슬 시작해 보자. 그동안 많이, 푹 쉬었지?"
　위드의 말에 누렁이는 안창살을 파르르 떨었다.
　"음머어어. 만날 사냥에 모험에… 지금까지 나에게 해 준 것이 무엇이냐!"
　조각 생명체로서 이유 있는 항변이었다.
　생명을 부여해 주었다고 해도 자식을 고생시키려고 낳는 것은 아니지 않은가. 태어나서 평생 고생만 해 온 누렁이에게는 불만을 표현할 자격이 있었다.
　위드도 진지하게 생각해 보았다.
　누렁이에게 지금까지 해 주었던 것들은 별로 없었다. 위험한 지골라스까지 끌고 가고, 전투에 참여시키고, 짐까지 항상 들고 다니게 했으니 많이 소홀했다는 느낌이 들었다.
　"젊어서 고생은 사서도 하는 거야. 너무 놀고먹으려고만 하면 안 돼. 아무튼, 그럼 노후 자금 마련해 줄게. 더 나이

먹으면 호강하면서 살아야지. 왕궁 같은 집에서 신선한 풀 뜯어 먹으면서 가족들과 살 수 있게 해 주면 되겠니?"

충성심이 높은 누렁이였기에 금방 설득되었다.

"그 정도까지 바란 건 아닌데… 만족한다."

"앞으로 매일 200골드씩만 내도록 해. 일단 그걸 받고, 나머지 더 필요한 돈은 내가 보태서 나중에 노후 자금으로 크게 불려서 돌려줄게. 참, 네가 좋아하는 암소들과 결혼식도 올려야지."

"고맙다, 주인. 더 열심히 일하고 싸우겠다."

누렁이는 늙어서 편히 살 생각에 좋았고, 위드는 매일 200골드씩 불로소득이 생겨서 만족스러웠다.

"불사조, 빙룡. 너희는 시선을 너무 끄니까 가까이 오지 말고 근처에서 대기하면서 언제든지 올 수 있도록 해."

"알았다, 주인."

빙룡이나 불사조처럼 큰 생명체들이 땅에 가까이 내려오면 주변의 몬스터들을 자극해서 불러들인다. 그렇기 때문에 수색은 위드와 와이번, 누렁이, 금인이로 해결을 봐야 했다.

"황금새, 은새."

"왜."

"아버지, 말씀하세요."

"너희는 여기서도 안전하지?"

황금새와 은새가 작은 머리를 끄덕였다.

새들은 숲에서도 몬스터들로부터 영향을 별로 받지 않는다. 굶주린 몬스터라고 해도 한입거리도 되지 않는 황금새와 은새를 웬만해선 노리지 않는다.

설혹 공격을 당하더라도, 금방 나무들 사이로 날아서 도망칠 수 있었다. 조인족으로 변해서 반대로 몬스터를 사냥해 버릴 수도 있었고.

"자하브를 찾는 게 우선이니까 너희는 따로 움직여. 숲 안쪽을 수색해."

"정 부탁이라면."

"아버지가 시키는 대로 할게요. 맛있는 벌레들을 먹느라 조금 늦게 돌아올지도 몰라요."

황금새와 은새가 날아서 숲으로 들어갔다.

목조품에는 물이 표시되어 있었지만, 자하브의 흔적은 어디서 발견될지 모르기에 둘은 따로 흔적을 찾는 일에 투입했다.

"그럼 우리도 가 볼까?"

위드는 토리도, 반 호크, 누렁이, 금인이 그리고 와이번들과 강의 하류에서부터 거슬러서 올라가 볼 작정이었다.

유사시에는 불사조와 빙룡도 소환하면서 그라페스의 몬스터들과 싸움을 해야 했다.

강이나 부근에는 여러 종류의 몬스터들이 있었지만, 위드나 조각 생명체들이 위협을 느낄 정도는 몇 종류 안 됐다.

강에는 물을 마시러 나오는 켈코그라는 몬스터들이 들끓었다.

"우갸. 우갸!"

켈코그는 파충류의 일종으로 서식지가 물 근처였다. 인간처럼 걸어 다니기도 하며 수중과 지상에서 창과 같은 무기를 사용한다.

수직으로 무섭게 높이 뛰어오르는 능력에다 움직임이 대단히 날렵하고 무리를 지어서 활동할 뿐만 아니라, 레벨도 400을 훨씬 웃도는 수준!

그라페스 지역에서 안정적인 사냥을 하려면 400대의 레벨은 필수 조건이라는 말이 괜히 나온 게 아니다.

물론 파티의 장점을 극대화한다면 불리함을 좀 더 극복할 수 있었다.

"와이번들은 공중에서 선회하면서 싸우도록 해. 켈코그들이 뛰어오르면 덮칠 수 있게."

"알겠다."

뒤뚱거리며 걷던 와이번들이 하늘로 날아올랐다.

"콜 데스 나이트 반 호크, 콜 뱀파이어 로드 토리도!"

"불렀는가, 주인!"

요즘에는 전투를 자주 해서, 반 호크와 토리도는 나타나자마자 주변부터 살폈다.

"가서 싸워라!"

"알겠다."

"냄새가 심하게 난다. 피 맛이 별로 없을 것 같은데."

귀족적인 토리도는 파충류라서 조금 꺼리는 기색이 역력했다.

"항상 맛있는 거만 먹을 수는 없잖아. 나중에 선지해장국 하나 끓여 줄게."

"그렇다면 싸우겠다."

데스 나이트와 뱀파이어 로드의 돌진!

반 호크는 유령마를 타고 습격했으며, 토리도는 망토를 펼치고 날아 들어갔다.

"키야호오!"

켈코그들 스물이 넘는 무리가 반 호크와 토리도를 발견하고는 싸울 준비를 취했다.

창을 들고 닭처럼 달려오는 모습이, 던지기에 최고의 자세!

'위험하겠다.'

반 호크나 토리도나 창을 맞으면 심하게 타격을 입을 수 있다.

"흙꾼이 소환! 흙으로 벽을 쌓아 올려라."

켈코그들이 창을 던지는 순간, 땅의 정령인 흙꾼이들도 소환되었다.

게슴츠레 눈을 뜨고 있는 흙꾼이들이 손바닥을 앞으로 내미니 땅에서 흙벽이 솟아올랐다.

반 호크와 토리도를 보호해 주는 거대한 흙벽.

켈코그들이 던진 창들은 흙벽을 관통하면서 위력이 다소 줄어들었다. 하지만 여전히 은색 광채를 내면서 날아오고 있었다.

반 호크와 토리도는 다행히 잽싸게 피했지만, 창들은 나무를 관통하고 계속 꿰뚫고 지나가거나 땅에 꽂혀서 폭발을 일으켰다.

"맞으면 아프겠군."

이 정도라면 상당한 위력!

갑옷의 방어력이 웬만큼 높지 않다면 공격력 때문에 단숨에 꿰뚫릴 수도 있다.

반 호크와 토리도도 몬스터들의 레벨이 높은 것을 느끼고 더욱 세차게 덤벼들었다.

위드도 그들을 따라서 켈코그들의 사이로 파고들었다.

"헤라임 검술!"

켈코그들은 등에 작은 창을 꽂아 놓는 통을 가지고 있었기 때문에 열두 번이나 더 던질 수 있다. 위력이 극대화되는 투척의 기회를 주지 않기 위해 가까운 거리에서 싸웠다.

위드는 검을 휘두르면서 켈코그들의 사이를 미친 듯이 누비고 다니며 결코 한자리에 머무르지 않았다.

"캬캬오!"

그런데 켈코그들은 창을 찌르거나 휘두르기도 잘했다.

> -창이 어깨를 스쳤습니다.
> 부상으로 힘이 감소합니다.
> 높은 인내력으로 공격력이 줄어드는 정도를 최소화합니다.
> 생명력이 2,980 줄어듭니다.

 7마리가 넘는 켈코그들이 위드를 노렸고, 반 호크, 토리도 역시 마찬가지!

 반 호크는 유령마를 타고 전장을 누비고 다녔기에 그에게는 창이 많이 날아갔다.

 "골골골. 우리 차례다!"

 누렁이에 타고 있는 금인이도 바람처럼 돌격했다.

 조각 생명체들은 죽으면 너무도 아깝기 때문에 켈코그의 특성상 그나마 안전한 근접 전투가 벌어진 이후에 투입!

 와이번들도 공중에서 습격하며 켈코그들을 교란시켰다.

 "암흑 투기."

 "블레이드 토네이도!"

 반 호크와 토리도도 자신들의 특기를 유감없이 발휘!

 시간이 조금 더 지나자 간신히 사냥에 성공했다. 위드는 등에 작은 창이 3개나 꽂혀 있을 정도로 만신창이였다.

 "생각보다는 버틸 만했군."

 전투가 끝나고도 생명력이 1만 9천이 넘게 남았다.

 대신 와이번들도 부상이 상당했고, 누렁이도 앞발을 절뚝거렸다.

"앞으로 위험할 수도 있겠어."

지골라스처럼 자연재해가 엄청난 건 아니지만 몬스터의 수준이 높았다.

"어려우면 황금새와 은새의 수색도 중단시키고 빙룡과 불사조도 투입할 수 있으니 계속 가 봐야지."

금인이나 누렁이가 위기에 처하면 와이번들을 통해 전투 지역을 이탈할 수 있으니 그나마 다행이었다. 그라페스의 던전으로 들어간다면 그런 도주 방법을 사용하지도 못하리라.

"일단 계속 가 보자. 붕대 감기!"

생명력을 보충해 줄 사제가 없기에 위드는 와이번들과 누렁이, 자신의 몸에 붕대를 감았다.

-푸른 보석을 2개 획득하셨습니다.

-검은 보석을 3개 획득하셨습니다.

전리품으로는 마법을 부여할 수 있는 보석을 챙겼다.

전투가 힘든 만큼 아이템은 상당히 괜찮은 편!

인챈터에게 팔아도 되지만, 직접 세공해서 조각품으로 만드니 보석의 속성에 따라서 마법력이 담긴 영롱한 광채를 발산했다.

그라페스에서 위드는 몬스터들의 움직임을 최대한 주의하면서 이동했다.

켈코그들은 위험하더라도 그럭저럭 싸울 수 있었지만, 자칫 1마리라도 서식지로 도망치면 200, 300이 넘는 무리를 이끌고 돌아온다. 그런 일이 벌어지지 않도록, 최후의 1마리까지도 와이번들을 타고 추격해서 사냥했다.

독충과 맹수 들도 덤벼들었는데, 1마리씩 덤비는 놈들은 집단 공격의 힘으로 이겨 냈다.

"과연, 어디든 적응하면 다 마찬가지라니까."

위드의 레벨이나 스킬이 이제는 그라페스에서도 통할 정도였다. 물론 조각 생명체들의 생고생이 있었지만, 그만큼 성장할 수 있다.

위드는 그라페스에서 싸우면서 검술과 인내력, 맷집 스탯들을 올렸다. 붕대 감기 스킬은 이미 마스터해 버려서 더 올릴 것이 없다는 점이 안타까울 지경이었다.

"이대로 쭉 가면 어디선가 나오겠지."

위드는 강가를 따라서 주변을 수색하면서 올라갔다.

황금새와 은새는 위험한 깊은 곳의 정찰을 하고 있으리라.

무엇이 튀어나올지 모를 숲과 늪지가 반복되는 장소에는 그라페스의 상위 포식자들이 있다. 켈코그들도 알고 보면 강가에서 겨우 살아가는 사냥꾼들이었다.

"빙룡아, 왼쪽으로 가서 휘저어 줘."

"알았다, 주인."

빙룡과 불사조도 틈틈이 전투에 동원했다.

켈코그들이 너무 많이 몰려 있을 때에는 빙룡의 브레스나 불사조의 화염을 먼저 한 방 토해 놓고 싸웠다.

조각 생명체들을 최대한 활용하면서 탐험을 하고 있었다.

"더 앞으로 가면 집이 있다, 주인."

와일이가 공중에서 보고했다.

그라페스에 흐르는 강은 셋!

그라페스에 반드시 자하브만 살고 있으란 법은 없으니까 직접 확인해 봐야 된다.

위드가 조각 생명체들과 함께 조심스럽게 전진해 보니, 강의 상류로 올라가면서 넓은 호수가 나타났다.

아름다운 호수의 맑은 물에는 나무와 석양이 비쳤다.

그리고 호숫가에 지어진 그림처럼 예쁜 통나무집!

"왠지 자하브가 있을 것 같기도 한데……."

위드가 보기에 통나무들의 질이나 깎아 놓은 솜씨가 보통이 아니었다.

"일단 기본적인 선물부터 챙기고……."

위드는 마판을 통해 미리 준비해 온 선물용 그릇을 배낭에서 꺼냈다.

혹시라도 그라페스에서 자하브가 아닌 다른 인간을 만났을 때를 위한, 친밀도 상승을 노린 아이템!

 그라페스에서 만난 주민이라면 어떤 분야든 보통은 아닐 것이기에 미리 호감도를 쌓아 놓을 필요성이 있다.

 모험을 하다 보면 때때로 원주민들을 만나기도 하는데, 특정 종족에게 적대적인 경우도 있다. 엘프나 드워프, 바바리안은 주로 환영을 받는 편이고 인간들에게는 공격적이다.

 그럴 때 선물 용도로 반짝이는 구슬이나 그릇 세트가 잘 먹혀들었다.

"계십니까?"

 위드가 집 앞에서 큰 소리로 부르니, 잠시 후 문이 열렸다.

 밖으로 나온 것은 백발이 성성한 인간 노인이었다.

"내 집에 방문한 사람은 처음이로군. 그래, 이런 곳까지 무슨 일로 왔는가."

 위드는 혹시나 싶어서 말했다.

"사람을 찾으러 왔습니다."

"여기 살기 시작한 지는 좀 되었지만 인간을 만난 적은 몇 번 없군. 저 숲 속에 사냥꾼 1명과, 죄를 짓고 도망 온 인간 둘이 살 뿐인데……. 누구를 찾으러 왔는가?"

 눈가 밑에서 느껴지는 은은한 궁핍함!

"저는 로자임 왕국의 자하브 님을 찾으러 왔습니다."

 노인은 수염을 쓰다듬으며 고개를 끄덕였다.

"내 이름이 자하브라네. 제대로 찾아왔군."

황금새와 은새의 도움이 있더라도 20일 정도는 탐색에 소모되리라 여겼는데, 다행스럽게도 일찍 발견했다.

'아주 심하게 어려운 퀘스트는 아니었어.'

늙은 시녀의 퀘스트를 받았던 시기에 비하자면 지금은 레벨이 비교할 수 없을 정도로 높아졌고 조각 생명체들도 있기에 편하게 찾아냈다.

위드 혼자라면 죽을 고생을 하고, 켈코그들을 뚫지도 못했으리라.

'아무튼 드디어 만났다.'

위드의 가슴이 조각술 마스터와의 만남으로 설레었다.

그것도 달빛 조각사라는 직업과 최초의 인연이 되었던 인물과의 역사적인 만남이었다.

소년과 소녀.

나중에 왕비가 된 그녀에게 지상에서 가장 아름다운 조각품을 보여 주겠다 했던 약속을 지킨 조각사.

위드는 그가 만들었던 노래를 배우면 된다.

"같은 조각사로서 부탁드릴 일이 있어서 왔습니다. 그런데 여기까지 오느라 배가 고픈데, 일단 밥이나 한 끼 얻어먹을 수 있을까요?"

"우후후, 드디어 사람들이 사는 세상으로 나왔구나!"

페트는 코튼 마을의 시장을 걸었다.

유린을 만나기 위해서 조르디보스 성에서 오래 기다렸지만, 결국 그녀는 돌아오지 않는다는 사실을 뼈아프게 깨달았다.

페트 바보. 똥개.

남겨진 낙서만이 그를 아프게 만들었을 뿐.

"대륙을 떠돌다 보면 그녀를 다시 만날 수 있겠지. 그녀에 대해서 듣는다면 어디라도 만나러 갈 수 있으니."

페트는 세상에 나온 이상 야망을 펼쳐 보이고 싶었다.

"대륙의 모든 인간들이 내 이름을 알도록. 그러면 유린이가 먼저 나를 만나러 올 수도 있지 않겠어?"

그림을 그리면 금방 유명해질 수 있었다.

실력을 바탕으로 해서 화가 길드의 의뢰를 도맡아서 할 수 있다. 귀족과 왕의 그림을 그려 주고, 새로운 화풍을 만들어서 인기를 끄는 것도 어렵지 않다.

페트는 더 적극적인 방법을 취하기로 했다.

"모라타가 예술의 도시로 유명하다고 하지."

위드는 조각사로서 작품을 통해 모라타의 엄청난 발전을 이끌어 냈다. 그에 예술가들은 자기 일처럼 기뻐하고, 어깨에 힘이 실렸었다.

"그렇다면 내 그림으로도 할 수 있을 거야."

페트는 숙명적인 적이라고 생각하는 위드가 바르고 성채를 영토로 획득했다는 사실을 방송을 통해 봤다.

"나는 그곳에서 시작하자."

바르고 성채는 아직 위드의 조각품이 많지 않은 장소다.

페트가 그곳에서 그림을 그리다 보면, 영주의 영향력을 더욱 능가할 수도 있지 않을까!

"그림으로 바르고 성채를 위드로부터 빼앗는다. 그것만큼 확실히 유명해지는 일은 없을 거야."

화가가 조각사보다 확실히 우위라는 사실을 알리기에도 좋았다.

북부에서 위드의 영토를 빼앗을 단체는 없었지만, 예술로서 빼앗겠다는 선전포고!

"바르고 성채로 가야겠다."

페트는 화구들을 챙겨서 종종걸음으로 인적이 뜸한 장소로 향했다.

그림 이동술을 통해 단번에 바르고 성채로 가기 위해서였다.

우걱우걱.

"구운 감자가 참 맛있군요."

위드는 자하브가 바구니에 담아서 내준 감자를 먹었다.

중급 요리 스킬 9레벨, 곧 고급을 엿보고 있지만 여전히 가장 맛있는 건 공짜 음식이었다.

"음머어어어. 어제부터 풀만 뜯어 먹었더니 배가 고프네요."

"저도, 저도 주세요. 골골!"

자하브는 누렁이와 금인이에게도 감자를 나누어 주었다.

와이번들은 마당에서 서로 싸우고 있었다.

"내가 제일 키가 크다."

"난 주둥이가 잘생겼어."

"누가 날개가 넓은데?"

"난 등이 넓적하다."

유치한 외모 다툼!

자하브가 와이번의 각진 어깨를 쓰다듬었다.

"많이 먹게. 내가 이베인에게 남긴 조각칼과 목조품이 시녀를 통해서 자네에게로 전해졌던 것이로군."

"예, 그렇습니다."

"그런데 이런 생명체들은 일찍이 들은 적도 없는데……. 형태가 잘 다듬어져 있지 않은데도 몸 전체의 균형은 비교적 잘 맞는군. 설마 조각술로 만든 생명체인가?"

조각 생명체를 단번에 알아본 사람은 처음이었다. 위드는 감자를 하나 더 집으며 대답했다.

"맞습니다."

"게이하르 황제가 가지고 있던 전설적인 조각술이 다시 세상에 나왔군. 놀라운 일이야. 조각술이 실전되지 않고 후인에게로 이어지고 있다니 이렇게 다행일 수가."

"고생이 많았습니다. 그래도 조각 생명체들을 아끼고 보살피다 보면 뿌듯한 보람이 가슴 한구석에서 차올라서, 게이하르 황제 폐하의 조각술도 정말 훌륭하다고 생각합니다. 물론 자하브 님의 달빛 조각 검술이야말로 세상에서 가장 아름다운 조각술이죠."

이것이야말로 무차별 아부!

"내 조각술과 게이하르 황제의 조각술을 익혔다니 대단한 재능이야."

"조각술에 대한 애정이 너무 컸거든요. 모험을 통해서 다른 조각술도 익히고 있습니다."

위드는 다섯 가지 조각술의 비기를 모두 얻은 후인이었다. 스킬들을 얻은 이야기들만 해 주어도 자하브는 감탄을 했다.

"내 조각술을 이어받고 다론의 조각 변신술도 습득하고 정령을 창조하고 대재앙까지 불러올 수 있다니, 대단해!"

―조각술의 추억을 이야기하여 명성을 469 획득합니다.

"조각술이 존재한 이후로 탄생한 다섯 가지의 기술을 모두 모으다니, 정말 기적 같은 일이야."

위드는 감자를 배부르게 먹고 나머지는 배낭에 넣어서 챙겼다.

"그보다도, 로자임 왕국에 계신 그 시녀분은 마지막으로 자하브 님께서 달빛을 조각하며 부르셨던 노래를 들어 보고 싶어 하셨습니다."

그라페스까지 오게 된 중요한 용건!

자하브로부터 노래를 배워서 세라보그 성으로 돌아가 늙은 시녀에게 불러 주면 된다.

"그런 일이 있었는가. 이곳에서 조각품을 만들면서 로자임 왕국으로는 다시 돌아가지도 않았으니……. 참, 말을 꺼낸 김에 자네, 내가 만든 조각품을 보고 싶은가?"

"물론입니다. 정말 보고 싶었습니다."

위드는 조각사로서, 당연히 자하브의 조각품들을 구경하고 싶었다.

어쩌면 늙은 시녀로부터 받을 퀘스트의 보상보다도 훨씬 대단한 무언가가 이곳에 있을지도 모른다.

자하브는 호수 뒤쪽에 나 있는 동굴로 그를 안내했다.

"이곳이 나의 작업실이라네. 들어가서 편한 대로 구경해 보게."

동굴 안에는 나무와 돌에, 그리고 벽에 조각품들이 있었다. 꽃과 이끼가 기묘하게 자라서 예술품의 모양새를 취하기도 하였다.

위드는 먼저 크고 멋들어진 조각품부터 자세히 관찰했다.

인간들의 최후를 감상하셨습니다.
조각술 마스터 자하브가 만든 작품.
몬스터와 싸우다가 장렬히 전사하는 인간들을 조각해 놓았다.
굉장히 세밀하고 정확한 표현이 돋보이는 작품으로, 검술에 대한 이해가 높아야 제대로 이해할 수 있을 것이다.
생명력과 마나, 체력의 회복 속도가 하루 동안 35% 증가합니다.
전투 스탯들이 12씩 오름.
전사들의 스킬 레벨이 2단계 향상됨.
투지가 영구적으로 2 증가함.
1달간 생명력 450 증가.

-예술 스탯이 4 증가합니다.

-뛰어난 안목의 작품 감상으로 조각술 스킬의 숙련도가 약간 올랐습니다.

입구 근처 벽에 새겨진 조각품부터 명작!

10명의 전사들이 그라페스의 몬스터와 싸우다가 쓰러지는 장면을 생생하게 조각해 놓았다.

'벌써 명작이라니… 그리고 저건 걸작.'

위드는 바쁘게 발걸음을 옮겼다.

작품들을 감상할 때마다 예술 스탯과 조각술의 숙련도가 늘었다.

작업실에는 대략 걸작, 명작, 대작으로만 70개 정도의 작품들이 있었다.

달과 별과 들꽃을 감상하셨습니다.
조각술 마스터 자하브가 만든 작품.
동굴의 천장과 바닥에 조각되어 있다.
자연의 생동감이 잘 살아 있는 작품.
완성된 이후로 별다른 관리는 이루어지지 않고 있다.

-예술 스탯이 1 증가합니다.

-뛰어난 안목의 작품 감상으로 자연과의 친화력이 5 올랐습니다.

자연의 조각품도 있었다.

"오랫동안 눈을 떼지 못하는 걸 보니 자연을 참 좋아하는 모양이군."

"그럼요. 정말 자연을 많이 사랑합니다."

위드는 작업실에서 자연을 표현한 작품들을 다수 발견하고는 기쁨 가득한 썩은 미소를 지었다. 자연과의 친화력이 오르면 대재앙의 자연 조각술의 위력이 훨씬 강력해진다.

조각술은, 아무리 자하브의 조각품이라고 하더라도 위드의 수준이 높아서 4.9%가 겨우 늘었다.

현재의 스킬 숙련도는 고급 8레벨 19.8%.

예술 스탯은 137개가 증가했다.

그 외에 다양한 스탯들도 조금씩은 늘었다.

명작, 대작 들이 완성되어 있는 조각술 마스터의 작업실은 모라타의 예술 회관보다도 훨씬 나은 부분이 많았다.

장엄한 조각품, 섬세한 조각품, 여리거나 단아하고 우아한 조각품, 빛으로 만들어서 화려함이 극에 달한 조각품 등!

자하브는 주제나 형식에 있어서 자유로운 편이었다.

"내 작품을 본 소감이 어떤가?"

"훌륭합니다. 베르사 대륙의 뛰어난 조각품들이 이곳에 다 모여 있는 것 같습니다."

이곳에 있는 조각품들은 수백 점이 넘었다.

위드가 실력을 연마하기 위해 매일 깎던 토끼나 여우처럼 대량생산된 것이 아닌, 하나하나가 심혈을 기울여서 탄생시킨 예술품들이었다.

"크흠, 이렇게 돌아다니니까 정말 좋군."

검치는 뱃머리에 서 있었다.

북부 대륙으로 향하는 쾌속선.

활짝 펼친 돛으로 바람이 밀려왔다. 여객을 위주로 운영하기 때문에 무겁지도 않아서 항해 속도가 아주 빨랐다.

"바람을 쐬러 멀리 돌아다니는 것도 좋겠어."

검치의 뒤에는 20대 초반의 유저들 5명이 사이좋게 앉아 있었다.

"바람 진짜 시원하다."

"하늘 좀 봐. 구름들까지 너무 예뻐."

"일부러 바다로 나온 보람이 있잖아."

"위드의 모험 이후로 바다에 대한 관심도 늘어서 여객선이나 화물선, 모험선 들도 많이 늘어났다던데 정말이네."

항해를 하는 도중에 근처에 떠다니는 돛단배들을 많이 볼 수 있었다.

구멍 나고 찢어진 돛을 한껏 펼쳐 놓고 배를 조종하는 낭만!

한 번도 바다에 나와 본 적 없는 유저들은 모르겠지만, 항해를 경험한 사람들은 최근에 바다로의 관심이 부쩍 늘어났다는 걸 피부로 느낄 정도였다.

항구도 초보 선장과 뱃사람 들로 붐비고, 인근 바다에는

조각배들이 이리저리 떠다니고 암초에 휘말려서 침몰하기도 하는 광경이 수시로 눈에 띄었다.

위드는 항해의 기본적인 맛보기만을 보여 주었을 뿐이지만, 바다의 매력이 경험자들을 통해 널리 퍼지는 계기가 됐다.

낚시꾼이나 뱃사람이 아니더라도 언제나 바다로 올 수는 있는 법!

"그때 위드와 함께 항해를 했던 베키닌의 3마리 미친 상어, 헤인트, 프렉탈, 보드미르의 이야기는 들었어?"

"어떻게 되었는데?"

"베키닌으로 돌아와서 엄청 큰 해적단을 운영하고 있다더라. 해적들을 모두 받아들여서 지나다니는 교역선들을 가리지 않고 약탈하는데……."

"진짜 나쁜 놈들이네."

"응. 정말 말도 안 되게 나쁜 놈들이야."

그들은 위드와 헤어질 때 배웠던 대로, 피도 눈물도 없는 나쁜 놈이 되어 가고 있었다.

해적들도 알고 보면 살기가 상당히 팍팍한 직업이다. 적대도가 높은 국가의 항구에는 발도 대지 못하고, 해군을 발견하면 꽁지가 빠져라 도주를 해야 했으며, 유저들에게는 욕만 얻어먹는 직업.

약탈을 하더라도 제값을 못 받고 처분하는 경우가 많고, 어디서도 경계심을 풀면 안 되니 고단하고 힘든 부분이 많았다.

그럼에도 바다는 넓고 자유롭기에, 해적들에게만 허용되는 나름의 모험이 있기에 즐거우리라.

"요즘은 전쟁으로 사람들이 많이 죽어 나가는군."

"지금은 몸을 사리는 게 좋아. 괜히 끼어서 새우 등이나 터지기 딱 좋으니."

"조용히 사냥터에 틀어박혀서 레벨이나 올리는 게 이득이긴 하지."

다크 게이머들이 모이는 선술집!

과일 주스나 맥주를 마시면서 사람들은 잠시 휴식을 취하고 있었다.

사냥터로 들어가면 열흘, 1달씩 나오지 않기 때문에 도시에서 즐기는 휴식이 중요하다.

요리 스킬은 다크 게이머들의 필수이기는 해도, 위드처럼 제대로 익혀 놓지는 않았다. 기본적으로 고기를 굽거나 삶아 먹는 정도라서, 맥주에 간단한 안주 정도만 있으면 편히 쉴 수 있었다.

"그때 두 번째로 던전으로 들어갔을 때인데……."

"비밀 통로는 왼쪽 아궁이를 통해서 밖으로 나갈 수가 있는데…….."
 그들끼리 아는 고급 정보들을 교환하기도 했다.
 선술집이 있는 장소는 브렌트 왕국의 수도인 네할레스!
 활동하는 최고의 다크 게이머들이 모여 있었기에 항상 시끌벅적했다.
 덜커덩!
 그때 선술집의 문이 열리고 화사한 보라색 드레스를 입고 있는 유저가 안으로 들어왔다.
 "내가 저번 사냥에서……."
 "다음에는 로젠드라 경로를 지나갈 예정인데……."
 유저들끼리 하던 이야기가 갑자기 뚝 끊겼다.
 방금 들어온 유저는 댄서.
 언제나 화려한 옷과 액세서리가 필요한 직업인 댄서는 다크 게이머가 택하기 힘든 직종이었다. 전투에 최적화되어 있는 검사나 워리어, 용병이 많고, 마법사도 귀했던 것이다.
 '의뢰자로군.'
 아름다웠고, 장비들을 보았을 때에는 상당히 높은 레벨이었다. 그렇다면 그녀에게 청부를 받을 수 있는 다크 게이머들은 많지 않다는 뜻이다.
 댄서가 각 테이블을 돌면서 다른 이들에게는 들리지 않을 정도로 작은 목소리로 대화했다.
 "의뢰를……."

내용을 알리기 전에 먼저 레벨이나 용병으로서의 신뢰도, 임무 완수에 필요한 시간을 꼼꼼히 확인한다.
　그리고 댄서가 밖으로 나갈 때에는 베이드와 파슨, 유메로, 에이프릴과 볼크, 데어린이 뒤를 따랐다. 브렌트 왕국에서 활약하는 최고 수준의 다크 게이머들이 그녀와 함께하기로 한 것이다.
　다크 게이머들은 그들이 나가자마자 원래 하던 이야기를 계속했다.
　자기 일이 아닌 이상 누구도 크게 관심을 두지는 않았다.

자하브가 남기고 싶은 조각품

위드는 자하브의 창고에서 조각품들을 오래 살폈다.

'이것들을 몰래 빼돌리기만 한다면…….'

모라타에 있는 예술 회관에 보관한다면 입장료를 엄청나게 올려도 될 것이다.

'특별 자하브의 조각품 전시회라는 명목으로 입장료를 10배쯤 받더라도 모두 내고 들어올 텐데.'

조각품을 쳐다보는 위드의 눈빛은 뜨거웠다.

"조각을 정말 사랑하는 모양이로군."

"물론입니다. 이렇게 훌륭한 조각품은 팔아먹으면… 값으로 따질 수가 없는 보물이지요."

위드는 자하브를 힐끗 보았다.

'어디 눈먼 몬스터라도 1마리 나와 주면…….'

하지만 자하브는 조각사이면서도 약하진 않을 것이다.

늙은 시녀의 퀘스트를 할 때 들은 소문에 의하면 달빛을 조각하여 암살자들을 처단할 정도였다고 했으니까.

달빛 조각 검술!

지금도 위드의 밑천이 되고 있는 공격 스킬이었다.

그라페스 지역에서도 집 짓고 살 정도였으니 과연 얼마나 강할지 추측조차 되지 않을 수준이었다.

최소한 왕실 기사들보다는 훨씬 윗길로 쳐야 했다.

'자유로운 조각품이라. 상상으로 만드는 거야. 조각술은 수단에 불과한 것뿐이니까. 조각술을 통해서 무엇이든 만들 수 있는 거군.'

위드는 균형미와 정교한 조각술을 바탕으로 하여 조각품을 만드는 데 제법 능숙했다. 베르사 대륙을 여행하며 닥치는 대로 조각품을 만들면서 관찰과 조각에 충분히 능숙해졌다.

하지만 자하브의 조각품은 평범한 대상들이 표현하는 감정에도 뛰어났다.

어린 청년이 여인에게 서툰 고백을 하며 쑥스러워한다. 몸은 건장하고 손과 발도 모두 정상인데, 표정과 태도를 통해 불안하고 초조해하면서도 기뻐하는 감정이 전해진다.

새끼 사슴이 꽃밭에서 주변을 둘러보며 누군가를 기다리고 있다. 앙증맞고 귀여운 새끼 사슴이 기다리는 대상은 엄

마 사슴일 거라는 상상이 자연스럽게 된다.

마음이 담겨 있다면, 꼬리 끝에도 그 미묘함을 표현할 줄 아는 게 조각사!

"정말 비싼… 좋은 작품들이 많습니다."

"자네가 그렇게 생각해 준다면 정말 고맙군. 바쁜 일이 없다면 내가 조각하는 일을 조금 도와주지 않겠는가?"

"지금도 어떤 조각품을 만들고 계십니까?"

"오랫동안 하고 싶던 작업이 두 가지 있다네. 죽기 전까지 꼭 마치고 싶은 작품들인데……. 이것들을 완성하기 전에는 여기를 떠나지 못할 것 같아. 자네 정도의 실력자가 있다면 큰 도움이 되겠군. 나와 같이 작업을 해 보겠는가?"

띠링!

자하브의 조력자

자하브는 오래전부터 만들려고 하던 조각품이 있었다.
그를 도와서 조각품을 완성하라!
조각사로서는 더없는 영광일 것이다.

난이도 : 직업 퀘스트

퀘스트 제한 : 조각사 한정. 고급 조각술을 익히고 있어야 함. 퀘스트를 완료할 때까지 자하브는 그라페스를 떠나지 못함. 포기하면 다시 받아들일 수 없음.

위드로서는 거절할 이유를 찾지 못했다. 설혹 조각품을 망

치더라도 자기 것은 아니었으니까!

"하겠습니다."

-퀘스트를 수락하셨습니다.

"그런데 만들고 계시던 조각품은 어디에 있지요?"

자하브는 작업실의 안쪽에 덮여 있던 천을 걷어 내었다.

흰 대리석으로 기초적인 윤곽 정도만 잡혀 있는 여성의 조각품!

"어떤 조각사나 마찬가지이겠지만 나는 조각술이 만들어 내는 아름다움에 매료되어서 살았지. 언젠가 육체와 생명의 아름다움을 조각해 보고 싶었네. 최적의 균형과 비율, 신이 내린 아름다움을 지닌 여성의 모습을 표현해 보고 싶은 건 내가 이루고 싶은 꿈이지."

예술에서 여성이란 절대 다수를 차지하는 주제이다.

"그런데 그라페스에 너무 오래 머물고 있다 보니 여성의 아름다움에 대해서는 까맣게 잊어버리고 말았어. 이 조각품이야말로 현재의 내게는 가장 힘든 작품이니 자네가 도와주었으면 한다네."

"다른 한 가지는요?"

"정해 놓기는 했지만 시작하지 못했네. 하나씩 해야 하니 첫 번째를 마치고 나면 가르쳐 주지."

자하브는 작업실에 있는 도구와 재료 들을 쓸 수 있게 해

주었다. 아껴 쓴다면 16명이나 17명 정도를 조각할 수 있는 고급 재료였다.

자하브는 조각을 도와 달라고 하였지만, 실질적으로는 위드가 주제와 형태를 만들면 그가 보조해 주는 방식이었다.

위드가 생각하는 작품이, 자하브의 손을 통해서도 만들어지는 것이니 좋은 기회였다.

"그럼 무엇을 만들어서 자하브를 만족시킬까."

보통의 조각품으로는 어려울 수밖에 없다.

자하브의 첫사랑은 이베인 왕비였던 만큼 보는 눈은 있을 것이기 때문.

위드가 생각에 잠겨 있을 때, 자하브는 작업실의 벽에 걸려 있는 검을 잡았다.

조각품들을 살필 때 이미 구경했지만, 별다른 옵션도 없고 공격력도 높지 않은 보통 장검이었다.

"잠시 나갔다 오겠네."

"어디 가십니까?"

"조각품 재료도 구하고 바람도 쐴 겸, 몬스터나 잡으려고 한다네."

위드로서는 쾌재를 불러야 마땅한 상황!

'가서 죽어 주기만 한다면······.'

사과나무 아래에서 입을 벌리고 앉아서 기다릴 수만은 없다. 자하브가 어떻게 전투를 하는지 궁금한 것도 사실.

"저도 따라가도 될까요?"

"바쁜 건 없으니 와도 되지."

위드는 자하브의 전투를 볼 수도 있다는 기대감에 서둘러 따라나섰다.

물론 위험할 수도 있기 때문에 금인이와 누렁이나 다른 조각 생명체들은 집에서 쉬도록 했다.

'가능한 많이 위험했으면 좋겠군. 그라페스의 보스급 몬스터가 부지런해야 될 텐데……'

자하브는 숲으로 가서 숨겨진 구덩이로 들어갔다.

던전의 입구!

위드가 차마 들어갈 엄두를 못 냈던 그라페스의 던전이었다.

"조심해서 따라와야 할 것이네."

-던전, 카라약의 서식지로 들어오셨습니다.

"쿠에엑!"

위드는 오크 카리취의 입에서나 나올 법한 비명을 질렀다.

카라약이라면 다리가 타조처럼 얇고 긴 몬스터다.

우스꽝스러운 생김새에 웃으려고 하면 이미 죽어 있을 거

라는 가공할 몬스터!

 인간들에 대한 적대도가 높아 공격성이 대단하고 엄청나게 빠르며 방향 전환이 전광석화처럼 이루어진다. 무리를 지어 다니기 때문에 아직까지 어떤 길드에서도 사냥의 대상으로 삼은 적이 없는 몬스터였다.

 간혹 따로 떨어져 있는 1~2마리 사냥에 성공하기도 했지만 그 경우에도 피해가 너무나 컸고, 결국 카라약이 나오는 던전은 아무도 찾지 않아서 폐쇄되었다.

 '하필 카라약의 서식지라니, 그렇다면 이곳은 3~4마리도 아니고 엄청 많이 나오겠군.'

 던전의 이름으로 볼 때 당연히 카라약이 많이 살고 있지 않겠는가.

 새끼 카라약, 다 큰 카라약, 엄마 카라약, 아빠 카라약, 외삼촌 카라약, 할아버지 카라약, 옆집 아저씨 카라약 등등!

 사이좋게 사는 몬스터 가족에게 외식용으로 배달되는 인간 둘!

 위드는 기뻐해야 할지 슬퍼해야 할지, 조금은 애매했다.

 그때, 저 멀리서 카라약들이 나타나더니 순식간에 달려왔다.

 "조각 검술!"

 하지만 자하브가 검을 휘두르니 맥없이 쓰러졌다.

 카라약들이 스쳐 지나간 것 같은데 어느새 회색빛으로 변한 후였다.

삐삐삑!

이 장면을 발견한 카라약들이 시끄럽게 울어 대어 계속 동족들이 모였는데도, 자하브의 칼이 빛을 머금고 휘둘리면 허수아비처럼 쓰러졌다.

너무나도 빠르게 움직이는 카라약들을 가볍게 베어서 쓰러뜨리는 자하브.

'이놈들이 생각보다는 약한가? 하기야 나도 카라약과 싸워 본 적은 없지. 게시판에 올라온 정보라고 해도 다 맞는 건 아니니까.'

위드는 혹시나 싶어서 자하브의 옆에서 몇 걸음 떨어져 봤다.

퍼버버버벅!

카라약의 발 차기가 위드의 온몸을 가격했다.

달려와서 머리로도 들이받았다.

―치명적인 일격을 당했습니다.
호흡곤란 증상이 일어납니다.

몇 초 되지도 않아서 생명력이 20% 이상이나 떨어졌다. 그대로 머무른다면 위드의 방어력이 무색하게 금방 죽어 버릴 것 같았다.

위드는 흠씬 맞고 나서 다시 자하브의 곁으로 피신했다.

자하브의 검은 인정사정없이 카라약들을 베었다.

'조각술만이 아니라 검술도 대단하군.'

암살자들을 베었던 것이 우연은 아니었다.

'이 정도로 강할 수 있다니…….'

위드는 어떤 콩고물이라도 떨어지기를 기다렸지만, 자하브의 사냥 속도가 너무 빨라서 끼어들어 이득을 보기는 무리였다.

자하브는 카라약들을 해치우며 희귀한 가죽과 털, 고기, 보석 등을 주웠다.

그렇게 사냥을 따라다니고 나서 위드는 결심했다.

'앞으로 더 친하게 지내야겠군.'

사냥을 구경하고 돌아온 위드는 조각칼을 쥐었다.

"신이 내린 아름다움을 지닌 여성의 모습이라……."

예술가들이 고금을 막론하고 노력해 왔던 주제이지만 해결되지 않았다.

한 사람이라고 해도 어릴 때와 더 나이가 들었을 때에 여성의 아름다움을 보는 관점이 달라진다. 한 여자에게 모든 매력이 다 담겨 있는 것도 불가능하다.

사람마다 취향도 천차만별인데 어떻게 신이 내린 아름다

움을 지닌 여성의 모습을 조각하란 말인가.

하지만 그럼에도 위드의 입가에는 썩은 미소가 맺혀 있었다.

'서윤이 있었지.'

외모상으로 그녀만큼 완벽한 사람은 없다. 한때 그녀를 표현하면서 조각술을 발전시킨 적도 있었다.

서윤의 눈, 코, 입, 피부가 만들어 내는 조화란, 조각품을 만들면서도 심장이 두근거리는 수준!

조각상인데도 너무 예뻐서 자꾸 보고 싶다.

서윤을 실제로 본 사람들은 이게 정말 꿈인지 생시인지 헛갈려 하면서 눈을 떼지를 못했다.

언제든 실패하지 않았던 서윤의 조각품이라면 확실하리라.

"됐어. 충분해."

조각사로서의 넘치는 자신감!

"자하브가 바라는 수준을 감안하자면 조각상의 자세나 주제도 아주 중요할 거야."

그것도 실물을 바탕으로 한다면 곤란할 문제는 아니었다.

"일단 가볍게 손이나 풀도록 하고……."

자하브의 조각 재료를 이용해서 조각품을 만들었다.

카라약, 켈코그.

그라페스 지역에서 만난 몬스터들의 조각품이었다.

대상을 하나만 조각하는 게 아니라, 자하브의 방식을 활용

했다.

　꼬마 아이의 모습을 먼저 조각하고 나서, 카라약과 켈코그들이 둘러싸고 위협을 하는 장면을 동화처럼 표현했다. 아이는 겁을 먹지 않고, 손을 내밀어서 몬스터들을 만진다.

　걸작 조각품으로 만들어진 작품명은 '카라약과 켈코그의 부족한 식삿거리'.

　이건 그저 연습에 불과했다.

　위드는 그 후로 바로 자하브의 조각품을 만들기로 했다.

　"조금 더 손을 풀어 두는 편이 낫지 않겠는가? 상상할 시간도 충분히 줄 수 있지. 1~2달 정도 생각하고 만들어도 될 거야."

　"지금 해도 괜찮습니다."

　조각품은 자하브와 협력해서 만들었다.

　"팔뚝은 이런 식으로 미끈하게… 턱 선은 어려운 부분이니까 제가 하겠습니다."

　위드는 구체적인 형태를 제시하며 자하브를 능숙하게 이끌었다.

　여성의 아름다움이란 외모에만 있는 건 아니리라. 인간적인 매력이야말로 더 소중하고 많은 것을 이룰 수 있다.

　위드는 서윤의 그런 감춰져 있던 매력까지도 살며시 드러내면서, 자신이 보기에도 너무나도 아름답다고 느꼈다.

　요즘 서윤과 자주 같이 지내서, 그냥 예쁘다고만 생각할 때가 있다. 하지만 조각품을 만들며 생각하면, 예전에 비해 최근이 확연히 더 아름다워져 있었다.

'갈수록 더 예뻐지는구나.'

조각술 마스터 다론이 한 여자를 계속 조각했던 이유를 알 것 같았다.

이제는 서윤을 조각할 때면 자연스레 많은 감정들이 떠오르고, 아껴서 표현하고 싶다. 사람을 조각할 수 있다는 사실이 기쁨이 될 수도 있을 것 같았다.

'일단 퀘스트부터 끝내고…….'

자하브와의 만남은, 아쉬워도 방송국을 통해서 중계를 할 수가 없었다.

헤르메스 길드에서 보면 쫓아오는 것도 피곤한 일이지만, 그보다는 위드의 밑천인 조각술이 걸려 있어서 비밀을 지켜야 된다.

물론 서윤의 조각품을 방송에 내보내고 싶은 마음도 없었다.

누구나 생명은 소중한 법이니까!

"오, 이렇게 아름다운 여성이……. 정말 신이 내린 미모구나!"

작품을 만들며, 자하브는 환상적인 아름다움에 반하고야 말았다.

서윤의 조각품은 기품 있는 드레스를 입고 있는 것으로 묘

사되었다. 위드의 의견이 전적으로 반영된 복장이었다.

'서윤은 드레스가 참 잘 어울려.'

다른 옷이라고 해도, 시커먼 때가 묻은 갑옷이더라도 숨길 수 없는 미모였다. 하지만 서윤은 누구나 소화하지는 못하는 드레스를 입으면 절대적인 미모를 자랑했다.

위드는 재봉술을 하며 만들었던 실력을 바탕으로 청초한 드레스의 형태를 구상해 냈고, 자하브의 신기에 가까운 조각술로 옷감의 너울거림까지도 완전하게 표현!

그녀는 조금 높은 단상에 올라서 먼 곳으로 시선을 보내고 있다.

따스한 그 무언가를 그리워하는 듯한 눈빛!

감상하는 사람들이 무궁무진한 상상력을 발휘할 수밖에 없게 만드는 조각상이었다.

위드는 물론 그 비밀을 알았다.

'같이 여행 갔을 때 아침밥 먹고 멍 때리던 표정이었지.'

직접 만든 조각사만이 알고 있는 의미였다.

"아름다움을 표현한 조각품이라고 이름 짓겠다."

조각품의 이름은 위드와 자하브가 뜻을 모아서 정했다.

대작! 아름다움을 표현한 조각품을 완성하셨습니다.
대조각사 위드와, 조각술의 정점의 자리에 올라 있는 자하브가 함께 만든 조각품.

여성의 아름다움을 표현해 냈다.
그들의 명성대로, 완성된 이 최고의 작품은 베르사 대륙의 미학의 정점이 되기에 충분하다.
예술적 가치 : 16,290.
특수 옵션 : 아름다움을 표현한 조각품을 본 이들은 생명력과 마나 회복 속도가 하루 동안 40% 증가한다.
전 스탯 35 상승.
마법 저항력 37% 상승.
생명력 최대치 35% 상승.
이동속도 14% 상승.
지식과 지혜, 매력이 15 증가.
병사들의 사기 증가.
모험가들의 예술품 감정 스킬에 추가적인 숙련도 부여.
조각사와 화가, 댄서, 학자의 매력이 영구적으로 14 증가.
조각상 근처에 도시가 있으면 출생률이 80% 높아짐.
프레야 여신의 아름다움에 대한 축복이 조각상에 부여됩니다.
다른 조각품과 중복 적용되지 않음.
지금까지 완성한 대작의 숫자 : 10

-조각술 스킬의 숙련도가 향상되었습니다.

-손재주 스킬의 숙련도가 향상되었습니다.

-조각품에 대한 이해의 스킬 레벨이 1 상승하였습니다.

-명성이 968 올랐습니다.

-예술 스탯이 46 상승하셨습니다.

-지식이 12 상승하셨습니다.

-지혜가 6 상승하셨습니다.

-매력이 25 상승하셨습니다.

-프레야 여신의 아름다움에 대한 축복이 조각상에 부여되어, 프레야 교단의 사제와 성기사 들은 이 조각품을 보며 특별한 힘과 용기를 얻습니다.

-프레야 여신의 인정을 받는 조각품을 만들어 신앙이 19 상승하셨습니다.

-대작 조각품을 만든 대가로 전 스탯이 3씩 추가로 상승합니다.

위드의 공이 대단하였지만, 자하브가 없었다면 만들지 못할 조각품이었다.

헬리움을 사용하여 만든 여덟 번째 대작, 조각사들이 남긴 횃불을 빼면 단연 최고로 손꼽을 만하였다.

여러 스탯들을 얻었지만 조각품이 으레 그렇듯이 전투와 직접 관련이 없는 스탯들 위주로 푸짐하게 늘어났다.

힘과 민첩에는 상당히 인색했고, 지식과 지혜는 제법 많이 올려 주었다. 위드도 검치 들과 마찬가지로 지식과 지혜에는 스탯을 분배하지 않았지만 그럭저럭 살 만한 건, 순전히 조각품을 만들어서 올렸기 때문이다.
 아무튼 이것으로 자하브의 조력자 퀘스트도 절반을 끝냈다.
 "훌륭한 실력이군. 이 정도로 잘해 줄 거라고는 기대하지 않았는데……. 내가 만들고 싶었던 다른 한 가지의 조각품은 나 자신을 표현한 조각상이라네."
 자하브는 스스로의 모습을 조각품으로 남기고 싶어 했다.
 "훗날 아주 오랜 시간이 지나면 나라는 존재도 이 베르사 대륙에서 완전히 잊혀 버리겠지. 나는 내 흔적을 조각품으로 만들어 놓고 싶어. 자네 정도의 실력이라면 내 조각상을 만들어 주기에 충분하고도 남겠어."
 이제 자하브를 대상으로 하여 위드가 직접 조각을 해야 했다.
 '이것도 그리 어렵지는 않겠군.'
 서윤을 조각품으로 만들어서 자하브의 만족도를 제대로 높여 놓았다.
 지금까지의 경험과 사실적인 관찰력이 있으니 남은 조각상 따위야 식은 죽 먹기! 어린아이 사탕 뺏고, 껌 뺏고, 학원비 뺏고, 우유 뺏어 먹기 수준이었다.

 자하브는 일곱 가지 종류의 자기 조각상을 만들어 주기를 원했다.
 "내 삶을 하나의 조각품으로 만들고 끝내기에는 너무 아쉽군. 조각상의 자세들은 내가 생각해 둔 것이 있다네."

자하브는 스스로 원하는 자세를 취했다.

여러 개를 만들어야 하지만, 오히려 보이는 대로 작업을 하면 되니 위드에게도 불만은 없었다.

첫 번째 자세로는 조각품을 앞에 두고 작업을 하는 자하브!

조각사이니만큼 조각품을 만드는 광경을 남기고 싶어 하는 것은 너무도 당연하리라.

"퀘스트를 완료하면 보상을 받을 수 있을 테니까. 잘 만들어 줘야겠어."

모델이 나이 든 노인이었기 때문에 손이 더 많이 갔다.

사각사각.

조각품을 만들면서 판박이처럼 그대로 표현을 할 필요는 없다.

'이건 예술 작품이 아니야. 보고 마음에 들 정도로 멋있어야 돼.'

자하브의 얼굴은 화장품을 바른 것처럼 색감을 조절하고, 잔주름도 약간 조절해서 심하지 않게 만들었다. 머리 스타일도, 헝클어져 있으면서도 자연스러운 맛이 나는 느낌으로 했다.

"역시 자네의 실력이 나쁘진 않군."

"좋은 모델이 있으니 있는 대로 표현하기만 하면 되었습니다."

"나머지 조각품도 잘해 주기를 기대하겠네."

다음으로는 숲 속에서 산책을 하는 조각품을 만들어야 되었다.

특별히 어려움은 없었지만 재료가 고급이었고, 눈여겨 보이지 않는 세세한 부분까지 많은 주의를 기울이다 보니 이틀이나 사흘씩은 기본으로 필요했다.

자하브는 보통 저녁이 되면 인근의 던전으로 가서 사냥을 했다.

"나중에 만들 조각품 중에는 내가 전투를 하는 모습도 있을 테니 미리 잘 관찰해 두기를 바라네."

"알겠습니다."

전투 중에 자세를 취하면서 기다려 줄 수 없으니 위드는 자하브를 따라다니면서 살펴봐야 했다.

싸움 구경이야말로 얻는 게 많다.

자하브가 터무니없을 정도로 강한 무력을 갖고 있다는 사실을 새삼 느낄 수 있었다.

"달빛 조각 검술!"

위드는 눈치를 보면서 몬스터들이 만만하게 있을 때만 같이 사냥을 했다.

몬스터들이 몰려들면 자하브가 처치를 해 주었으니 그걸 믿고 던전 탐험에 옆에서 같이 숟가락을 올렸다.

'아마 이쪽일 것 같아.'

서윤은 그라페스에서 수색을 하며 위드를 찾았다.

그녀 혼자서 들어와서, 덤벼드는 몬스터들을 해치웠다.

'이곳에서 만날 수 있겠지.'

10대 금역의 한 장소인 그라페스라고 해도, 서윤이 평소 사냥하던 몬스터의 레벨이 워낙 높았기 때문에 별 문제 없이 싸울 수 있었다.

몬스터들이 대규모로 이동할 때에만 피했을 뿐, 그러지 않을 때에는 위드를 찾기 위해서 계속 움직였다.

그녀는 그라페스의 중앙 숲으로 들어가서 계속 전투를 했다.

위드를 만나기 위해서였으니 힘든 줄도 모르고 싸우고 있던 차!

달밤에 멀리서부터 포효하며 날아오는 대형 몬스터가 있었다.

"크롸롸롸롸롸."

드래곤 피어!

달빛에 거대한 몸집이 빛나는 존재는 바로 빙룡!

비행이 가능한 조각 생명체들과 함께 사냥을 하고 있었다.

"빙룡……."

서윤이 불렀지만 빙룡은 높은 곳에서 날아 그녀를 지나쳐 갔다.

나무들이 가려서 그녀를 발견하지 못했으리라.

안타까운 이별의 순간!

그녀는 땅에서 돌멩이를 주워서 던졌다.

"케에엑! 감히 누가!"

서윤의 손을 떠나자마자 전속력으로 날아간 돌멩이는 빙룡의 머리에 부딪쳤다.

적대적인 행동에, 빙룡이 즉각 돌아서서 지상을 관찰했다. 그리고 서윤을 발견했다.

"주인의 친구……."

여행을 같이했던 적이 있어서 서윤을 기억했다.

"주인을 만나러 온 것인가?"

서윤은 고개를 끄덕였다.

"그러면 타라. 주인에게 데려다 주겠다."

빙룡이 땅에 내려앉았다.

거대한 몸집이 하강하면서 나무들이 밟혀서 쓰러졌다.

머리까지 낮추면서 그녀가 탈 수 있도록 최대한 배려해 준 순간, 서윤이 조용히 말했다.

"와삼이를 불러다 줄래?"

"까악까아아아악!"

불만 가득한 와삼이를 타고, 서윤이 자하브가 사는 곳에 도착했다.

"여기는 어쩐 일이야?"

그라페스에서 그녀를 만나다니, 위드는 너무나도 의외였다.

서윤은 차마 보고 싶어서, 같이 있고 싶어서 왔다는 말은 하지 못하고 얼굴만 붉혔다. 대화를 할 수 있게 된 이후로는 거의 처음으로 말하지 않고 시선을 회피했다.

위드는 고개를 끄덕였다.

"아무튼 잘 왔어. 이렇게 보니까 반갑다."

하지만 은밀히 고개를 드는 의심!

'그라페스에서 무슨 보물이라도 캐는 줄 알고 찾아온 걸까? 얼굴을 붉히는 걸 보니 염치는 있는 모양이지.'

자하브와 잘 지내고 있던 차에 서윤이 왔지만, 그렇다고 방해가 될 것도 없었다.

"미의 여신과도 같은 외모를 가진 아가씨로군."

자하브는 그녀에 대해서 최고의 호감을 보였다. 조각사나 화가나, 예술을 하는 족속들은 기본적으로 미녀를 좋아하기 때문에 친밀도를 거저 얻은 것이다.

"죽기 전에 아가씨를 대상으로 조각품을 만들어 보고 싶은데, 허락해 주겠소?"

서윤에게 조각상의 모델이 되어 달라는 부탁까지 했다.

퀘스트의 발생!

어떤 보상을 줄지는 몰랐지만, 조각술 마스터의 요청이니만큼 상당히 좋을 것으로 기대됐다.

하지만 서윤은 고개를 저으면서 명백한 거절의 의사를 표시했다.

"그럴 수 없어요."

"내가 모은 보석이나 조각품을 대가로 주겠소."

"하고 싶지 않아요."

서윤은 끝내 퀘스트를 받아들이지 않았다.

위드는 그녀를 자주 조각했기에 마음에 걸리는 부분이 있었다.

"실은 여기서도 내가 조각을 했는데……."

서윤을 대상으로 해서 조각을 했다는 말을 고백했다.

조각품이 자하브의 작업실에 보관되어 있으니, 나중에 갑자기 발견되어 경을 치는 것보다야 지금 말해 버리는 게 훨씬 나으리라는 판단에서였다.

"고마워요."

"응?"

"저를 조각해 줘서요."

"……."

위드는 역시 여자들이란 종잡을 수 없는 존재라고 생각했다.

할머니도 만날 돈가스나 탕수육 같은 음식은 기름져서 먹고 싶지 않다고 했다. 하지만 나중에 돈을 많이 벌어서 평소 좋아하시던 기사 식당으로 모시고 갔더니, 왜 돈가스는 사주지 않느냐며 서운해하지 않았던가!

여동생도, 미용실에서 자른 머리가 엉망이라고 불만스러워하기에 정말 못 잘랐다고 한마디 거들었더니 방으로 들어가서 그날 저녁밥을 먹으러 나오지도 않았다.

"정말 여자 말은 믿어서도 안 되고, 믿을 수도 없어."

자하브가 사냥을 할 때, 이제 위드만이 아니라 서윤도 같이 끼어서 거들었다.

위드도 지골라스에 다녀온 이후 레벨도 올리고 강해진 편이었다. 여러모로 전투를 많이 했던 편인데, 서윤은 지골라스 때보다도 훨씬 많이 강해져 있었다.

자하브와는 비교할 바도 아니지만, 위드가 겨우 잡는 카라약들도 무난히 사냥을 할 정도였다.

자하브의 두 번째 조각품, 숲 속을 산책하는 형상의 조각품이 완성되었다.

"탐험을 즐길 때도 있지. 미지의 영역, 아무의 발길도 닿지 않은 장소로 가 보았는가?"

자하브가 던전을 탐색하는 조각상도 만들었다.

"혼자서 고독을 즐기다 보면 무언가를 끊임없이 만들고 싶어지지."

상념에 빠져 있는 조각상도 완성시켰다.

"몬스터들과의 싸움도 내 인생의 일부분이었던 것 같아."

자하브는 백발의 노인이었지만, 힘이 넘쳤고 전투력도 뛰어났다.

위드는 몬스터와의 전투도 조각상으로 만들었다.

벌써 5개의 조각상이 완성되고, 단지 2개만이 남았다.

"한 가지는… 오래전 과거의 추억을 조각품으로 만들고 싶다네. 자네가 만들기가 쉽지 않을 수도 있겠지만……. 어쩌면 그때의 일에 대해 알고 있는 자네가 찾아온 것도 인연이라고 할 수 있겠군."

자하브가 만들기를 원하는 조각품은, 로자임 왕궁에서 이베인 왕비를 해치려던 암살자들을 제압하는 모습을 담은 조각품이었다.

지상에서 가장 아름다운 조각을 해 주겠다는 약속을 지켜서 이베인 왕비가 감동하던 순간이, 자하브에게도 평생 잊히지 않는 추억으로 남았다.

"해 보겠습니다."

위드는 로자임 왕국의 왕성에 들어갔던 경험도 있었다.

벽에 아주 작게 축소된 규모로 먼저 왕성을 조각했다. 보통 어렵고 손이 가는 작업이 아니었지만, 작품을 만드는 데에 최선을 다했다.

대충 해도 되는 퀘스트도 아니고, 자하브의 의뢰다.

'암살자들은 일단 흉악하게… 사형들 중에서 몇 명 골라 주고, 사형들이 예쁜 여자 친구와 팔짱 끼고 가는 남자를 보던 표정대로 만들면 되겠어.'

사각사각.

"암살자들을 정말 훌륭하게 잘 표현했군. 바로 그렇게 나쁘게 생긴 놈들이었어."

왕실 기사들은 비중이 클 필요가 없으니 여기저기 쓰러져 있도록 눕혀서 조각했다.

이베인 왕비는 과거 추억을 돌이키는 영상에서 보기도 했지만, 로자임 왕국의 왕실에서 초상화를 오래 쳐다보았다. 복도를 걸으면서 무심히 지나쳐 버릴 수도 있었지만, 자하브와 관련된 에피소드를 알고 있었으므로 잘 봐 두었던 게 지금 와서 도움이 됐다.

'참하고, 기품이 있는… 그러면서 사랑스러운 면이 있는 아가씨였지. 왕비에 어울리는지는 잘 모르겠지만 좋은 느낌이었어.'

그리고 자하브를 조각할 차례였다.

"달빛 조각술!"

위드는 달빛 조각술을 써서 젊은 자하브를 조각했다. 왕족도 부럽지 않을 옷을 입고 있는 자하브가 암살자들을 물리치며 검으로 달빛을 조각한다.

이 모습이야말로 최고라고 할 수 있지 않겠는가!

'낭만적이기는 하군.'

위드는 힐끔 서윤을 보았다. 가정에 불과하지만, 만약에 그녀가 암살자들에 의해 위기에 처한다면······.

'내가 나설 시간도 없이 몽땅 죽여 버리겠지!'

조각품이 거의 다 만들어지고 있을 때, 구경하고 있던 자하브가 노래를 불렀다.

이곳에 있습니다
어디로 떠나더라도
내 마음만은 항상 그대 곁에 남아 있습니다

어릴 적의 약속대로 아름다운 조각품을 만들어 줄게요
어떻게 할까요?
나에게는 당신이 가장 아름답고, 그보다 더한 조각품은 만들 수가 없는데

당신과 보냈던 시간들이 잊히질 않아

내 마음까지도 이곳에 **조각처럼 남겨** 두고 싶네요

이 달빛에 내 마음을 **담아서 조각**을 해 보네요

닭살이 절로 돋아나는 노래가 울려 퍼지자 조각품들이 움직였다.

위드가 조각한 자하브의 조각상, 이베인 왕비, 왕실 기사, 암살자 들이 살아 있는 것처럼 움직이면서 싸웠다.

젊은 자하브가 검을 휘두르자 달빛이 내리더니 부서지고 흩어지고 다시 모이면서 찬란한 춤을 추었다.

조각품은 걸작으로 완성되었다.

―달빛 조각술의 스킬 레벨이 올랐습니다. 스킬의 레벨이 중급 3단계가 되었습니다. 빛을 이용한 조각술의 효과가 늘어납니다.

―달빛 조각 검술의 스킬 레벨이 1 상승하셨습니다.

―달빛 조각 검술의 스킬 레벨이 1 상승하셨습니다.

―검술 스킬의 숙련도가 증가합니다.

―퀘스트 '자하브의 유지를 이어라'에 필요한 정보들을 모으셨습니다.

자하브의 노래 가사는 감미로우면서도 느끼했다.

어쨌든 최초로 수행했던 연계 퀘스트가 이제야 결실을 거

두게 되었다.

'이제 시녀에게 가서 불러 주기만 하면 되겠군.'

자하브가 원하는 조각품도 하나만 마저 만들어 주면 된다.

자하브는 과거를 회상하는 듯 한동안 말이 없었다. 이베인 왕비를 기억하는지, 지나가 버린 젊음을 아쉬워하는지는 알 수 없었다.

"그러면 마지막 한 가지 남은 조각품은……."

위드는 간단한 조각품은 아닐 거라고 짐작했다.

'그래도 어떤 조각품이든 만들 수는 있지.'

자하브가 설명하는 대로 무엇이든 만들어 주면 될 일.

"내가 잘하는 건 조각술과 검이었지."

그는 조각사로서는 특이하게도 검을 뛰어나게 잘 사용했다.

"이베인을 떠나서 이곳에 정착하고 난 이후로는 조각술만큼이나 검을 쓸 일이 많아졌고, 검은 내게 조각술처럼 소중한 부분이 되었어."

하기야 몬스터들로부터 목숨을 지키기 위해서라도 많은 전투를 해야 했을 것이다.

"자네의 검은 아직 그리 강해 보이지 않아."

"아직 많이 부족합니다."

위드의 검술 스킬은 현재 중급 9레벨.

공격 스킬에 의존하다 보면 기본 검술은 잘 오르지 않는다. 게다가 공격 스킬은 마나 소비도 심하기 때문에, 위드는

혼자서 사냥할 때 스킬의 사용은 최소화하곤 했다.

그럼에도 검사나 기사 들보다 검술이 숙달되는 속도가 훨씬 느렸다.

검사들은 전직과 2차 전직 등을 통해 검에 잠재되어 있는 힘을 깨울 수 있다. 검의 공격력이 2배 정도씩이나 높았으니 전투를 통해서 스킬 숙련도가 훨씬 편하게 잘 늘었다.

위드는 어마어마하게 쌓은 스탯으로 공격력을 보완하였지만, 검을 전문적으로 쓰는 직업들처럼 높은 스킬 숙련도를 빨리 얻진 못했다.

검술을 갈고닦는 데 언제나 노력을 하고 있었음에도 스킬은 여태껏 중급 9레벨에 머무르고 있는 현실이었다.

"내가 취하는 자세들의 조각상을 만들다 보면 무언가 깨치는 것이 있을 수도 있겠지."

검술의 비기

위드는 자하브가 취하는 검술 동작들을 조각상으로 만들었다.

마지막 조각상의 주제는, 특정한 검술의 연속 동작들을 하나씩 끊어서 만들어 내는 것이었다.

-검술 스킬의 숙련도가 향상됩니다.

검을 쓰는 조각상, 그것도 자하브의 검술을 바탕으로 조각품을 만들다 보니 검술의 스킬 숙련도가 잘 늘어났다.

위드는 밤낮을 가리지 않고 조각상을 깎았다. 자하브로부터 일종의 검술 지도를 받는다고도 볼 수 있었기 때문이다.

'예술 계열의 직업 중에서 조각사는 그래도 육체를 움직이는 직업. 자하브는 검술도 꽤 많이 익힌 모양이야. 어쩌면 화가들 중에는 마법을 익힌 사람이 있을지도 모르겠군.'

근거가 빈약한 추측도 해 보았다.

조각사는 체력과 지구력이 뛰어난 편이고, 화가들은 지혜와 지식이 유난히 높다. 예술 계열의 상성상 그런 일이 벌어지지 말란 법도 없기는 했다.

"에휴. 오랜만에 먹고살 만했는데."

바람이 쌀쌀한 3월 초!

이현은 가방을 메고 거북이처럼 느릿느릿 움직이면서 학교로 가는 버스에 탔다.

"다시 학교를 나가야 하다니, 이렇게 끔찍한 일이 있을 수가 있을까."

설렘은 전혀 없고, 추운 날씨에도 학교에 나가야 한다니 괴로웠다.

"이번 신입생들은 수재들만 모였다던데."

"특히 가상현실학과의 경쟁률이랑 입학 성적이 제일 높았다더라."

"최근 가장 유망한 업종이잖아."

버스에서는 신입생들에 대한 이야기들이 줄줄이 흘러나

왔다.

이현은 학기 초에는 일주일 정도 출석을 안 해 줘야 대학생의 예의라고 믿었으므로, 입학식도 모두 끝난 후였다.

신입생들이 학교에 들어오면서, 그렇지 않아도 캠퍼스에는 봄바람이 살랑살랑 불어왔다.

'나와는 상관이 없는 일이니까.'

아직 어색한 화장에 미니스커트를 입은 풋풋한 후배들이 들어와도 이현은 자신만의 길을 갈 뿐이었다.

"아, 형 왔어요?"

강의실에 들어가니 최상준이 알은척을 했다.

"안녕하세요, 선배님!"

"처음 뵙겠습니다."

그의 곁에는 인사성 좋은 여학생 둘이 같이 있었다.

세련된 외모에 애교까지 많아 신입생 중의 퀸카로 꼽히는 두 사람이 최상준과 이야기를 하고 있던 참이었다.

"이쪽은 나랑 동기인데 나이는 좀 많은 형이야."

이현에게는 신입생들이 곱게 보이지 않았다.

'저런 식으로 해서 안면을 튼 다음에 집에서 밥도 못 먹고 나온 것처럼 선배들에게 밥을 사 달라고 조르지. 처음에는 학교 구내식당에서 어떻게 해결할 수 있을지 몰라도, 나중에는 결국 마각을 드러내서 술 한잔 마시고 싶다며 대학가 닭

갈비집으로 끌고 갈 거야. 무슨 결식 여대생도 아니고… 절대 신입생들에게 밥을 사 줄 수는 없어.'

"어, 그래."

이현은 그저 고개만 끄덕여 주고 나서 가까운 빈자리에 앉았다. 그러나 그들끼리 떠드는 이야기는 참 잘 들렸다.

"흑사자 길드가 도시 바이슨을 점령하는 장면을 방송으로 봤어요, 선배님."

"음, 나도 그 전장에서 활약을 많이 했지. 성문을 창으로 격파하던 기사 봤어?"

"네. 너무 멋있었어요. 기사가 말을 타고 달려와서 창으로 찔러서 부숴 버렸잖아요. 어머, 혹시 그게 선배님이었어요?"

"아니. 그게 내 형이고 흑사자 길드의 창립 멤버야. 나는 최근에 말이 죽어서, 사다리를 타고 성벽에 오르고 있었어."

흑사자 길드의 활약상을 이야기하는 최상준의 어깨에는 힘이 가득 실려 있었다.

사실 베르사 대륙 어느 곳으로 가더라도 갑옷에 흑사자 길드의 인장이 찍혀 있으면 한 수 접어주기 마련이다. 살인자들이라고 해도 명문 길드 소속은 잘 건드리지 않았다.

그렇기 때문에 상인들은 명문 길드에 더 많이 가입을 하고, 또 혜택을 얻는 만큼 수입의 일부를 기꺼이 납부했다.

길드는 성과 마을, 광산을 운영하고 상인들을 통해서 벌어들이는 자금을 바탕으로 세력을 더 키웠다.

사실 로열 로드에서는 살아가는 방식도 각양각색이라서, 가볍게 즐기는 유저들도 많이 있었다. 사냥을 통해 성장해서 용맹을 떨치거나 상업 활동을 하지 않고, 관광지를 돌아다니면서 생활할 수 있는 돈을 벌기만 하기도 한다.

로열 로드에는 즐길 거리들이 많았기에 도시 밖으로 멀리 떠나려고 하지 않는 유저들도 많다.

던전과 사냥터에서 며칠씩 보내는 일이란 어렵기도 하고 적성에 맞지 않는 경우도 있다. 현실에서 힘들게 공부와 일을 하고 로열 로드에 접속하면 황홀한 몸매의 여인들이 있는 휴양지라면, 더 바랄 나위가 없는 게 아니겠는가.

하지만 베르사 대륙에서 몬스터와 싸우고 영토를 확장하는 일은 사람들의 가슴을 뜨겁게 만드는 무언가가 있었다.

"형 오셨어요?"

박순조가 강의실에 와서 이현의 왼쪽 자리에 앉아 힘없이 책상에 엎드렸다.

강의가 시작하려면 시간이 조금 남았으니 이현도 자리에 엎드렸다.

"아, 요즘 진짜 힘들다."

자하브의 조각품들은 검술의 변화하는 자세를 정확하게 짚어야 했기 때문에 쉬울 수가 없었다. 막 바뀌려는 자세와 검의 변화를 중간에서 짚어서 조각해야 되었다.

실제로 검술을 익히지 않았더라면 따라 하기가 정말 힘들었으리라.

　박순조도 푸념을 했다.

　"저도 힘들어요, 형."

　"넌 요즘 뭐 하고 있는데?"

　"겨울부터 쭉 퀘스트와 탐험에 매달리고 있는데요……."

　"그게 잘 안 풀려?"

　"연계 퀘스트라서 만나야 될 사람도 많고 모아야 하는 자료들도 방대해서요. 그래도 조금씩 진전이 있기는 해요."

　박순조의 캐릭터는 도둑으로, 매우 높은 레벨이었다. 그가 진행하고 있는 연계 퀘스트라면 이현으로서도 관심을 가질 만할 정도였다.

　하지만 이미 이현은 로열 로드에서 왕의 퀘스트도 할 수 있을 정도의 명성을 쌓았다.

　"그래, 열심히 해 봐. 정 안 되면 오랫동안 묵혀 놓았다가 나중에 하는 수도 있으니."

　"조금만 더 하면 될 것 같아요. 끝까지 해 보려고요."

　"힘내라. 안 되면 더 늦기 전에 일찍 포기하고."

　"네, 형."

　조용히 대화를 나누고 있는 두 사람의 뒤에서는 최상준의 커다란 목소리가 들렸다.

　"흑사자 길드에서 이번 주에는 엘리멘탈 라바스톰을 사냥하러 갈 거야. IBC방송으로도 중계가 된다고 하니 생방송으

로 보도록 해."

"정말요?"

"선배님도 이번에는 활약하시는 거예요?"

최상준은 우물쭈물하며 말했다.

"난 자격이 아직……."

"……."

모라타의 성장 속도는 모두가 신비로워할 정도였다.

파바바바밧!

주택들이 몇천 가구씩 건설되었다.

판잣집, 흙집 들이 우후죽순 만들어지는 난개발의 상징!

"풀죽신교 가입하러 왔습니다."

"가입은 그날그날 처리해 드리는데요, 접수 번호가 18639번이네요."

"오늘 신규 가입자가 그렇게 많나요?"

"월요일이라서 적은 편인데요."

모라타의 동서남북 성문을 통해 초보자들이 배낭을 메고 근처의 던전으로 사냥을 나갔다. 옹기종기 사이좋게 모여서 사냥을 떠나는 초보자들이었다.

"슬슬 바르고 성채로 이주를 해도 되지 않을까요?"

"그곳도 벌써 많이 개척되어서 사냥터들에 대한 정보가 많이 열렸다는 말이 있긴 하던데요."
"우리가 같이 간다면 별문제 없겠죠."
"더 늦기 전에 가 봐요. 북부의 다른 마을보다는 영주 위드가 다스리는 지역에서 지내고 싶어요."

바르고 성채로도 사람이 많이 이동했지만, 모라타의 유저가 줄어든 흔적은 티끌만큼도 느낄 수 없을 정도였다.

하루 이틀만 지나도 새로운 유저들이 등장하였으며, 장사를 하는 상인들도 덩달아서 늘어난다. 흑색 거성이 있는 모라타의 중심 상업 지구 외에도, 개척촌들에도 사람들이 몰리며 사냥과 탐험을 했다.

모라타의 영역은 계속 확장되고 있었으며, 북부 전체에서 교역을 하러 상인들이 방문했다.

그리고 바르고 성채도, 모라타의 영향으로 인하여 마을 성장의 과도기가 짧았다.

인구가 아예 없었지만 금세 주민들과 유저들이 늘어나며 부족한 물자들을 만들어 낸다. 전사들이 모여서 사냥과 모험을 하여 전리품들을 가져왔으며, 엘프와 드워프, 바바리안과의 교역을 성공시키는 상인들이 많아 기술력과 생산력이 낮음에도 불구하고 오가는 물자들이 적지 않았다.

이종족과의 교역 성공은 상인들에게 많은 이득을 가져다준다. 그렇기에 커다란 꿈을 가진 상인들은 이종족들이 필요

로 하는 물자들을 가져와서 교환했다.

마판을 비롯한 북부의 큰 상인들은, 초반 교역에 성공하고 나서 바르고 성채에 상점들을 개설했다.

"향후 1달. 길어도 1달이면 이곳의 상권은 완전히 자리를 잡을 거야."

몬스터들이 몰려와서 전부 파괴해 버릴 위험도 있었지만, 꿈과 희망을 걸고 바르고 성채에 투자했다.

위드가 대규모로 자금을 투자하긴 했지만, 그러지 않았어도 사람들은 발전 가능성을 믿고 정착했을 것이다.

강한 전사들이 힘을 발휘할 수 있는 장소.

몬스터들이 오면 튼튼한 성벽에 의존하여 다 같이 싸운다.

승리를 거두고 난 이후에는 전사들끼리의 맥주 파티가 벌어졌다.

필요한 요소들이 빠르게 만들어지고 자리를 잡고 있었다.

"이곳이로군. 제대로 온 게 맞는지 의심스러울 정도로 넓고 크구나."

검치는 바다를 건너 모라타에 도착했다.

과거 뱀파이어 왕국 토둠을 정벌하러 갈 때 온 적이 있다.

그때만 하더라도 모험가들이 많이 오는 시골 마을 이상은 아니었는데, 이제는 북부 전체의 수도라고 할 수 있을 정도다.

"정말 놀랍구나."

검치가 입구에 서 있는 동안, 상인들이 우마차를 끌고 이리저리 바쁘게 오갔다.

"저기요, 레벨이 좀 높으신 것 같은데 저희랑 사냥 가지 않으실래요?"

검치가 고개를 돌려 보니, 6명으로 이루어진 모험가 파티가 그를 부르는 게 아닌가.

"나를?"

"예. 저희 파티에 검사 1명이 필요해서요. 광장에 가서 구하자니 번거롭기도 하고……. 혹시 일행이 없으시면 같이해요."

검치의 소문이 이곳에는 전해지지 않았음이 틀림없다.

유로키나 산맥의 대전사!

몇 명의 일행과만 같이 다녔지만, 던전에서 극악한 위험을 가진 몬스터들이라도 처리했다.

검치의 활약을 본 사람은 매우 적지만, 오크와 다크 엘프들이 은근히 소문을 퍼트렸다.

"덩치가 큰 사내. 오크, 취이익! 오크가 아니다. 인간! 너무 강하다. 취췻!"

"인간으로 각종 무기들을 능숙하게 다룬다. 그가 나타난 날은 몬스터들도 바깥출입을 못 할 정도다."

"유로키나 산맥에서 최고의 전사다. 오크 카리취의 지휘력은 인정하지만, 용맹만큼은 그를 따르지 못할 것이다."

검치는 그저 심심해서 유로키나 산맥에서 싸웠을 뿐이지만, 다크 엘프와 오크 들에게는 전설과 신화가 되었을 정도다.

"이곳에도 모라타처럼 다양한 예술 작품들이 있으면 좋을 텐데……."

"강림하는 일곱 천사상을 볼 수 있기는 해도, 지금은 임시로 놔두고 나중에는 예술 회관으로 다시 옮긴다더라고. 빛의 탑이나 프레야 여신상 같은 게 있으면 참 좋을 텐데."

바르고 성채의 유저들은, 다른 필수품들은 차차 마련되었지만 문화가 척박하다는 점에서 아쉬움을 느끼고 있었다.

모라타에서는 매일이 신선하고 새로웠다.

친구나 연인끼리 예술 작품을 감상하면서 휴식을 취할 수 있다. 모라타 전체가 내려다보이는 명소에서 즐거움과 행복을 느낄 정도였다.

인생에서 돈과 명예, 권력은 물론 중요하다.

하지만 한 편의 시나 소설, 노래로도 만족감을 얻을 수 있지 않던가!

삶과 인생을 느끼게 해 주는 문화와 예술.

사람들을 기쁘게 만들고, 정신적인 갈증을 해소할 수 있는 필수적인 존재였다.

"어쩔 수 없잖아. 여기는 아직 많이 위험하니까. 나중에 더 안전해지고 번창하면 예술가들도 옮겨 오겠지."

"마법도 올려 주는 조각품이 필요한데. 다른 대작 조각품 없나?"

"방어 스킬을 올려 주는 워리어 조각품도 있었으면 하는데. 언제 만들어 주시려나."

유저들은 위드가 돌아와서 작품을 만들어 주기를 바랄 뿐이었다.

모라타의 예술 회관에는 물론 위드가 만든 작품들이 최고지만 다른 좋은 작품들도 많으니, 언젠가 바르고 성채에도 옮겨 주기를 바랐다.

그러자면 바르고 성채에도 예술 회관이 건설되어야 하리라.

"돈을 좀 더 열심히 벌어야지. 여기서 오랫동안 사냥할 거니까 세금을 내는 게 아깝지 않을 것 같아."

"내일은 바드들이 와서 공연을 한다더군. 그 공연이나 보자고."

바르고 성채에는 그렇게 아쉬워하는 유저들이 많았다.

그런데 성채의 입구에 초록색 모자를 쓰고 있는 남자가 나타났다.

"뭐야, 저놈은."

"재수 없는 옷차림 좀 봐."

유저들은 그를 비웃었다.

초록색 모자에 노란색 여행복을 입고 있으니 정말 정신이 상자라고 생각하기에 좋았다.

"여기에서 나의 역사가 시작되리라."

미술 도구를 가지고 바르고 성채에 온 남자의 정체는 바로 페트였다.

페트는 붓과 물감을 꺼내어 벽을 칠했다.

스케치도 없이 색을 입히는 작업을 곧바로 시작했다.

변색되고 깨진 돌들이 많은 성벽에 넓게 그림을 그렸다.

"이런 건 본 적도 없어."

"물감이 진짜처럼 보일 정도네."

"다양한 정령들이 요정들과 놀고 있잖아."

성벽에 그의 특기인 정령화를 완성!

시작부터 걸작의 작품이 나왔다.

페트는 요정, 정령, 엘프, 몬스터 들을 그리는 데에는 실력이 있었다. 그림의 주제로 삼는 종족들과 친하기도 하였으니 작품의 가치가 더욱 높았다.

'후후, 놀라도록 해라. 겨우 시작일 뿐이니.'

바르고 성채를 그의 화폭에 담아 버리기 위한 목적에 겨우 한 걸음만 떼었다.

다음으로, 페트는 성벽에 음식들을 그렸다.

최고의 만찬들을 비롯하여, 몬스터들이 좋아하는 통구이 요리들을 생생하게 그려 놓았다.

'몬스터들이 몰려오면 알겠지. 내 그림의 위대함을…….'
유혹의 그림!

바르고 성채에서는 수시로 전투가 벌어진다. 본능에 의존하는 몬스터들은 음식을 먹으려다가 공격을 당하기도 할 것이다.

페트가 얼마나 대단한 화가인지를, 바르고 성채에 있는 유저들 모두가 알게 되리라.

"나도 먹고 싶다. 그림의 색감이 정말 실제보다도 뛰어나네."

"그래도 옷차림은 재수 없어."

"그건 그렇긴 해."

몬스터들이 성벽 너머로 몰려올 때에도, 페트는 아슬아슬한 시간까지 버티면서 그림을 그렸다.

그는 바르고 성채에서 금방 유명 인사가 되었다.

─검술 스킬의 숙련도가 향상됩니다.

조각상을 하나씩 만들 때마다 검술 스킬의 숙련도가 높아졌다.

자하브가 보여 주는 검술의 움직임들이 후반부로 이어지

고 있었다.

> -중급 검술 스킬의 레벨이 10이 되어 고급 검술 스킬로 변화됩니다.
> 검을 이용한 공격력이 25% 상승합니다.
> 고급 검술에서는 스킬이 1 올라갈 때마다 9%의 공격력이 추가로 상승합니다.
> 마나를 이용한 공격 스킬의 파괴력이 45% 향상됩니다.
> 전 스탯에 +7의 추가 포인트가 주어집니다.

위드의 검술 스킬이 드디어 고급이 됐다.

중급과 고급은 하늘과 땅 정도의 차이라고 할 수 있다.

"자하브가 익히고 있는 검술이 상당히 높은 수준인 모양이야."

위드는 조각상을 만들면서 경지를 어렴풋이나마 추측했다. 연결되는 동작들이나 몬스터들을 때려잡을 때를 보면 상당한 실력자였다.

그렇게 자하브가 원하는 마지막 조각상까지 다 만들어 주었다.

> -만드신 조각품의 이름을 정해 주십시오.

위드는 간단히 이름을 지었다.

주제를 선정하여 만든 예술 작품이 아니라, 자하브의 검술을 표현했을 뿐이다.

"검을 휘두르는 자하브."

─검을 휘두르는 자하브가 맞습니까?

"맞다."

명작! 검을 휘두르는 자하브를 완성하셨습니다.
흰 대리석으로 만든, 조각술 마스터 자하브의 조각품!
자하브의 일생을 기록한 작품이다.
특별한 검술이 숨겨져 있어서, 재능이 충만한 자라면 깨달음을 얻을
수 있을 것이다.
예술적 가치 : 2,472
특수 옵션 : 검을 휘두르는 자하브상을 본 이들은 생명력과 마나 회
　　　　　　복 속도가 하루 동안 26% 증가한다.
　　　　　　모든 스탯 11 상승.
　　　　　　검술 스킬의 위력을 15% 늘려 줌.
　　　　　　조각품을 감상하면서 검술의 숙련도가 약간 높아짐.
　　　　　　조각상에 한 가지의 검술이 숨겨져 있다.
다른 조각품과 중복 적용되지 않음.
지금까지 완성한 명작의 숫자 : 16

─조각술 스킬의 숙련도가 향상되었습니다.

─손재주 스킬의 숙련도가 향상되었습니다.

─힘이 1 올랐습니다.

─민첩이 2 상승하셨습니다.

-카리스마가 2 상승하셨습니다.

-명작 조각품을 만든 대가로 전 스탯이 1씩 추가로 상승합니다.

 마지막을 명작으로 하여 자하브의 의뢰를 성공적으로 완수했다.

자하브의 조력자 완료
조각술 마스터 자하브가 만들고 싶었던 조각품을 완성했다.
자하브는 오랜 숙원을 해결했다.

-퀘스트의 보상으로 자하브와의 우호도가 81이 되었습니다.

 '명작에, 자하브의 검술이라.'
 이미 위드는 검술 스킬을 익히고 있었고, 기본 검술이나 조각 검술, 헤라임 검술 등을 쓰다 보니 스킬 레벨이 잘 오르지 않는 상태였다.
 하지만 하나쯤 더 익혀 둔다고 해서 나쁠 건 없었다.
 조각품을 만들고 나니 자하브가 흐뭇하다는 듯이 말했다.
 "좋은 작품이야. 이제 그라페스를 떠날 수 있겠군."
 "다른 곳으로 가실 겁니까?"
 위드는 조각술 마스터에 대한 정보를 알기 위해서라도 질

검술의 비기 **165**

문을 던졌다.

"그래야겠지. 남은 생은 대륙을 떠돌면서 보내고 싶네."

"작업실의 조각품들은 어떻게 처분하실 겁니까?"

"팔아서 여행 경비로 써야 되겠지. 오랜 친구들이 그대로 있다면 선물로도 주고 싶고."

조각술 마스터 자하브의 조각품이 베르사 대륙에 퍼지게 되리라.

위드가 와서 자하브의 퀘스트를 했기 때문에 생긴 변화였다.

"그런데 검술을 혹시 어디까지 익히신 겁니까?"

웬만하면 묻지 않았을 텐데, 위드는 조각상을 만들면서 심상치 않다고 느꼈다. 보통의 검술은 아무래도 아닌 것 같다는 생각이 들었기 때문에 질문을 한 것이다.

"늦은 밤, 검의 마지막을 보았지."

"에, 마지막이라면 설마……."

위드는 어처구니가 없었다.

이거야말로 조각술뿐만이 아니라 검술까지도 마스터했다는 뜻이 아니겠는가.

조각술 마스터들은 재능이 넘치는 천재들이니 가능한 일일 것 같기도 했다. 조각술 마스터들의 흔적을 뒤쫓다 보면 평범한 인간은 없었으니까.

"검으로서도 더 이상 강해질 수 없는 경지에 올라 있다네."

자하브는 자신이 검술의 마스터라고 분명하게 밝혔다.

로열 로드를 떠들썩하게 만들 수 있는 충격적인 소식!

'이게 무슨 반반치킨도 아니고…….'

위드의 두뇌는 공짜 밥을 얻어먹을 때만큼이나 빠르게 돌아갔다.

'그렇다면 방금 내가 만든 조각상에 숨겨져 있는 검술이 어쩌면, 검술의 비기 중의 하나?'

자하브의 검술이 조각상으로 표현되었으니 무언가 숨어 있을 것 같았다.

위드는 고개를 절레절레 흔들면서 아부를 했다.

"과연 대단하십니다. 하기야 조각술도 마스터한 자하브 님에게 검술 정도는 어렵지 않았겠지요."

평소보다도 더욱 간드러지는 목소리였다.

탐욕을 숨기며 하는 아부야말로 아첨의 백미라고 할 수 있으리라.

"자네도 다재다능하니 기회가 된다면 얻을 수 있을 거라고 보네. 나를 대상으로 만든 조각품을 소중하게 간직해 주게."

"물론입니다. 아주 비싼 관람료를… 아니, 소중하게 잘 보관하겠습니다."

"그럼, 인연이 닿으면 또 만나게 되겠지."

자하브가 말을 마치고 나서 떠날 채비를 갖췄다.

하지만 위드는 이렇게 허무하게 보내 주고 싶지는 않았다.
"잠깐만요."
"무슨 할 말이라도 남아 있는가?"
퀘스트를 완료하고 나서 우호도라는 보상을 얻었다.
이대로 떠나고 나면 베르사 대륙에서 다시 만난다는 보장이 어디에 있겠는가.
"사냥을 하는 데 좀 도와주셨으면 합니다."
공짜 조각품이란 없다.
조각술 마스터에게도 받아 낼 것은 받아 내야 하는 정신.
"조각품을 만들기 위하여 많은 고생을 한 것을 아네. 조각사로서 그 노력에 대해서 충분히 이해하니, 그 정도는 기꺼이 해 주어야겠지."

-자하브가 자유 용병으로 합류합니다.

위드는 조각술 마스터이며 검술의 마스터인 자하브를 데리고 그라페스 지역을 돌아다닐 수 있게 되었다.

"이쪽 길이 맞는 거야?"
"아까 그곳이었던 거 같기도 한데······."
"몬스터들이 나오지 않는지 조심해서 잘 살펴봐요. 어제도 도망치다가 길을 잃어버렸잖아요."

"지금은 잘 보고 있어."

화령은 베이드와 파슨, 유메로, 에이프릴과 볼크, 데어린와 함께 그라페스 지역으로 들어왔다.

갑자기 나타나서 위드를 놀래 주고 싶다는 이유로, 다크 게이머들을 고용해서 온 것이다.

다크 게이머들은 의뢰를 받은 이후부터는 철저히 비밀을 엄수해야 한다. 화령이 고용한 다크 게이머들은 한 국가에서도 최고를 자랑하는 이들이라서 계약 내용을 함부로 발설하는 건 있을 수 없는 일이었다.

그런데도 위드를 만나러 간다는 목적도 알려 주지 않은 채로 그라페스로 와서 헤매고 있었다.

'갑자기 보면 반가워하시겠지.'

화령은 오직 위드를 깜짝 놀래 주기 위해 말도 하지 않고 와서 사서 고생을 하는 중이었다.

파슨이 추적 스킬을 익혔기 때문에 위드가 남긴 흔적을 찾아서 쫓아가면 됐다.

"여기 묵직하게 찍힌 소 발자국이 이어져 있습니다. 만들어진 흔적을 보면 힘 있고 활기차게 움직인 것으로, 부상은 당하지 않았으리라 추측되는데 발자국이 아주 깊군요. 무거운 짐을 지고 있는 모양입니다."

"제가 만나러 가는 사람의 소가 틀림없어요!"

그라페스라서 위험할 뿐이지 추적은 쉬웠다.

다크 게이머들은 그라페스에서도 정보 공유를 통하여 강한 몬스터들은 피했고, 최대한 주의하면서 또 조심해서 전진했다. 그리고 호수에 도착하여 위드와 누렁이, 와이번, 금인이 등을 발견했다.

"위드 님!"

화령이 반갑게 외치면서 거추장스러워도 착용하고 있던 드레스를 휘날리면서 뛰어갔다.

이 순간을 위해 일부러 가발을 붙여서 긴 생머리를 만들어 놓는 정도는 그녀에게는 기본적인 감각.

"어!"

"그 조각사님이네."

볼크와 데어린도 위드를 알아봤다.

볼크가 데어린에게 청혼을 할 때 바친 꽃다발을 만들어 줬고, 북부 원정대에 속해서 사냥을 같이한 적도 있었다.

"그 위드 님이라면… 전쟁의 신 위드!"

베르사 대륙에서의 헤르메스 길드와 위드의 충돌을 모두 고대하고 있었다. 그런데 위드를 그라페스 지역에서 만나다니 놀랍고 반가운 일이었다.

"안녕하세요."

"잘 부탁드립니다. 유메로라고 합니다."

서로들 간단한 인사를 나누었다.

서윤은 인기척을 느꼈을 때부터 가면을 다시 착용하고 있었다.

"이쪽은 금인이, 그리고 누렁이라고 합니다."

와이번들을 소개할 때에는 그저 신기하게 보던 다크 게이머들이 금인이와 누렁이와 인사할 때에는 깊은 관심을 드러냈다.

"이 녀석의 무게가……."

"순금인 것 같은데."

"꽃등심 가격이 요즘에 많이 올랐는데."

하지만 정말 놀라야 하는 순간은 따로 있었다.

위드가 자하브를 아무렇지도 않다는 듯이 소개할 때였다.

"이분은 조각사 선배라고 할 수 있는데, 검술의 마지막을 보신 분입니다."

검술의 마스터!

당연히 비밀 중의 비밀이었지만, 위드는 다크 게이머들의 능력을 인정했다.

다크 게이머로 이 자리까지 오르려면 남다른 호기심과 탐구욕이 있을 텐데, 그렇다면 자하브를 만난 이상 검술 마스터라는 사실을 깨닫는 데도 오래 걸리지 않으리라.

이들은 게다가 평판도 좋은 사람들이다.

"검술의 마지막을 본 분이라니……."

벌써 침을 꼴깍 삼키는 사람들이 있을 정도였다.

조각상에 남겨진 광휘의 검술

"빨리빨리 갑시다."

위드에게 있어, 검술의 마스터에게 바칠 경의는 없었다.

우호도는 일을 부려 먹어도 떨어지지만, 같이 있는 시간이 길어질수록 점점 감소한다.

기껏 올려놓은 우호도가 소진되기 전에 실컷 부려 먹어야 하는 대상일 뿐.

펜필스 던전 격파.
다크우드 숲의 대장 몬스터 사냥.
가이트너 던전 몬스터 완전 소탕.
카멜 마굴의 보물 탐색 성공.

위드가 자하브를 데리고 다니며 일구어 낸 업적이었다.
물론 누렁이와 금인이가 항상 같이 다녔고, 사냥터에 따라서 와이번들도 함께했다.

"적입니다. 싸워요."

자하브가 검을 휘두르면서 싸울 때에, 위드는 마음 놓고 공격을 했다.

그라페스의 던전은 무시무시한 난이도를 자랑했다.

몬스터의 레벨이나 공격력이 높아서 위험하다고 판단될 때에는 멀찍이 숨어서 하이 엘프의 활을 이용해서 화살을 쐈다. 몬스터가 그럭저럭 상대할 만하다 싶으면 자하브와 함께 맞섰다.

'역시 잘 싸우는군.'

검술 마스터인 만큼 전투에서 이보다 더 좋은 용병은 없다.

그러나 아무리 자하브라고 하여도 무적은 아니라서, 상처를 입기도 했다.

"저런! 많이 다치셨군요. 여기 붕대를 감아 드리겠습니다. 약초도 듬뿍 발라 드릴게요."

마스터 붕대 감기 스킬!

위드는 요리와 치료 등을 통해 우호도 감소를 최대한 늦추려고 애썼다.

그 모습이 다크 게이머들에게는 놀랍게 여겨졌다.

'저렇게 독한 놈이…….'

'이거야말로 전형적인, 부려 먹고 약 주는 행동이 아닌가!'
'걸려들면 완전히 탈탈 털리는구나.'

위드는 최적의 효율을 추구했다. 보스급 몬스터들을 찾아다니고, 몬스터가 넘쳐 나는 던전으로 자하브를 인도했다.

자하브로서는 인간들이 없는 그라페스에서 살아온 것을 후회할 수밖에 없을 뿐.

서윤과 화령은 원래 위드를 잘 알고 있었기에 그러려니 했다.

'위드 님이 다치면 안 돼.'

서윤은 자하브 못지않게 몬스터들의 앞으로 나서면서 싸웠다. 광전사의 전투 능력이 발휘되고 있기에 위드가 이끄는 몬스터들의 소굴은 그녀에게 최고의 사냥터였다.

화령은 매력적인 춤으로 몬스터들을 유혹하고 눈을 멀게 만들었다. 인간들을 많이 본 적이 없는 몬스터일수록 춤에는 약했다.

다크 게이머들도 전투에 동원되어 사냥의 효율을 높이는 데 역할을 했다. 그들은 자신의 직업에 맞춰서 활약하며 짭짤한 소득을 얻었다.

'부럽기 짝이 없군. 검술 마스터를 데리고 그라페스 지역을 마음껏 휘젓고 다니다니……'

'정말 멋진 사냥터야. 여기서는 레벨도 금방 오르겠어. 아무튼 우리를 끼워 줘서 다행이다.'

'던전에 있는 아이템과 보물 들을 독식하다니. 아, 전쟁의 신 위드의 명성이 괜히 나온 게 아니로구나.'

다크 게이머들은 위드에게 매일 상납금을 바쳐야 됐다.

"어제는 사냥을 많이 했는데, 오늘도 많이 할 예정입니다. 그리고 새로운 던전에 들어가려고 하는데요."

지참금, 밥값, 붕대값, 약초값, 누렁이 생일, 무기 및 갑옷 수리 비용 등을 내야 했던 것이다.

벼룩의 간이라도 쪽쪽 빨아먹을 위드!

그렇게 자하브와 함께 그라페스 전역을 누비면서 사냥과 탐험을 했다.

-자하브의 우호도가 25로 감소하였습니다.

자하브는 검을 거두고 나서 말했다.

"이제 대륙으로 가 보고 싶군. 그동안 함께 보냈던 시간을 잊지 못할 것이네."

-자하브와의 자유 용병 계약이 해지되었습니다.

자하브가 작별의 인사를 했다.

우호도가 많이 떨어져 있었기 때문에 위드도 더 이상은 붙잡지 못했다.

"이렇게 가신다니 정말 아쉽습니다. 우리가 더 친했으면 좋았을 텐데요."

다시 음식이나 간단한 선물을 하려고 했지만 자하브가 받지 않았다.

"많이 피곤해서 당분간 쉬고 싶으니 이별은 짧게 하는 게 좋을 듯하군."

위드는 어쩔 수 없이 보내 줘야겠다고 생각하며 질문을 던졌다.

"이 대륙에서 다시 만날 수 없을지도 모른다고 생각하니 너무나도 아쉽습니다. 어디로 가실 겁니까?"

"일단 브라이스라는 고원지대로 떠날 것이네. 언제까지 머무르게 될지는 나도 모르겠군. 혹시 나를 찾아야 한다면 그곳부터 와 보게."

"예, 그렇게 하겠습니다. 그럼 살펴 가시지요."

"다음에 또 보세."

자하브는 부상으로 왼쪽 다리를 절뚝거리면서 검을 지팡이처럼 사용하며 떠났다.

위드는 이별을 진심으로 아쉬워했다.

'다음에 다시 부려 먹을 수 있으면 좋을 텐데. 언젠가 또 만날 수 있겠지.'

자하브와 사냥을 하면서 레벨을 2개나 올렸다.

검술 스킬도 고급 2레벨이 됐다. 검술 마스터와 사냥을 같이 한 덕분에 부가적으로 얻은 수확이었다.

달빛 조각 검술도 중급 9레벨이 되었다.

화령이 위드에게 물었다.

"이제 어디로 가실 거예요?"

그녀는 둘이서만 오붓하게 시간을 좀 더 보내고 싶었다.

"지금은 자하브의 집으로 돌아가 봐야 됩니다."

로자임 왕국으로 가서 늙은 시녀에게 보고를 해야 한다. 그라페스는 떠나면 다시 돌아오기 어려운 지역이니 자하브가 만들어 놓은 작품들을 확실히 봐 두고 갈 작정이었다.

자하브가 특수한 마법 배낭에 작품을 8할 이상 챙겨서 가기는 했지만 조금은 남아 있었기 때문이다.

다크 게이머들이 화령과 맺은 청부는 위드를 찾는 데 도움을 주고 그라페스에서 지켜 달라는 조건이었다.

청부가 완료된 이상 화령은 돌아가도 된다고 했지만 그 누구도 가려고 하지 않았다.

"그냥 달리 할 일도 없고 심심하던 참이기도 하고······."

"어떤 위험한 사고가 벌어질지 모르는 게 세상일인데 조금 더 지켜 드려야죠."

"안전하게 끝까지 돌봐 드리려고 합니다. 이렇게 어여쁜 아가씨를 두고 어떻게 저희만 편하자고 갈 수가 있겠습니까?"

다크 게이머들은 핑계를 대며 쭉 눌러앉으려고 했다.

그라페스에서의 사냥도 나쁘지 않았고, 위드와 있으면 뭐라도 건질 게 있을 것 같다는 예감 때문이었다.

"오호, 검술의 마스터의 창고가 이렇게 생겼군. 조각품이 정말 많네."

"조각품들의 수준이 엄청 높은데요?"

"케엑! 스탯 올려 주는 것 좀 봐요. 예술 스탯도 생겼어요."

다크 게이머들은 자하브의 작업실에서 뜻하지 않은 행운을 누릴 수 있었다.

위드는 자하브가 심혈을 기울여서 만든 예술품들을 진지하게 감상했다.

"감정!"

> **활을 겨누고 있는 사냥꾼**
> 은거하고 있는 조각술 마스터 자하브의 작품.
> 사슴을 노리는 뱀을 겨냥하고 있다.
> **예술적 가치** : 871.
> **특수 옵션** : 사슴의 번식을 늘림.

조각품에 담긴 추억까지도 읽을 수 있었다.

"좋은 작품이긴 하군."

위드는 백여 점의 조각품들을 감정했다.

봄, 여름, 가을, 겨울.

작품을 만드는 와중에 계절이 변했음을 느낄 수 있는 것도 있었다.

특이하게 진흙으로 만들어져 있는 조각상에는 이상한 영상이 담겨 있기도 했다.

진흙을 구워서 만든 마을.
사람들이 불안한 듯이 오가고 있었는데, 넓은 고원지대에 세워져 있는 마을이다.
일찍이 본 적이 없는 경치였다.

―헤매는 여행자에 대한 단서를 획득하셨습니다.
퀘스트가 진행될 때에 이미 입수한 정보를 활용할 수 있습니다.

"어떤 퀘스트의 영상일까?"
아마도 조각술 퀘스트의 가능성이 높을 것 같았다. 하지만 조각술 퀘스트라고 해도 너무 많아서, 수행하게 될지 아닐지 모를 일.
그 외에도 몇몇 조각품들은 그라페스에 완성되어 숨겨져 있는 자하브의 다른 조각품들에 대한 영상을 비춰 주기도 했다.
"이것들을 발굴하려면 시간이 너무 많이 걸리겠지. 몬스터들이 부담스럽기도 하고."
조각품이 던전의 벽에 새겨져 있거나 아니면 몬스터들의 보물로 보관되고 있기도 했다.

"그보다 내가 만든 조각품이 문제인데."

위드는 자신이 만든 조각상을 꺼내 놓고 살펴보았다.

검을 휘두르는 자하브상.

숨겨져 있는 한 가지의 검술이 검술 마스터의 비기일 가능성이 너무나도 높다.

위드의 추측이 만약 맞다면 이 조각상이야말로 검사들에게는 보물이 될 수도 있다.

하지만 아무리 살펴보아도 그냥 잘 만든 조각품에 불과했다. 자신이 직접 만들었으니 더 잘 알았지만 감정을 해 봐도, 조각품에 얽힌 추억을 읽어 보더라도 특별한 게 나오지 않았다.

"조각품의 비밀을 풀어야 해."

남들이 보면 황당해할지 모르지만 위드에게는 아주 진지한 문제였다.

"크흠."

위드는 조각상의 구석구석을 살폈다.

"혹시 내가 자하브의 검술을 완벽하게 조각품으로 재현해 내지 못한 것일까?"

각 신체 부위의 크기나 비율, 검을 휘두르는 각도까지도 정확하게 맞췄다. 복잡한 동작들을 모두 조각상에 담기란 어려운 일이었지만, 위드는 많은 경험과 관찰력을 통해서 이루어 냈다.

상상을 바탕으로도 조각품을 만드는데 직접 보이는 것도 제대로 만들지 못할 리가 없다.

그래도 조금의 실수가 있어서 자하브의 검술을 익히지 못한다면 통탄할 일이었다.

"확 깨트려 볼까?"

조각 파괴술을 사용하는 극단적인 방법까지도 고려해 볼 정도였지만, 아까워서 차마 그렇게 하지는 못했다.

"어딘가 방법이, 방법이 있을 텐데."

자하브가 전투 중에 검술의 비기를 보여 주었다면 알아보는 데 도움이라도 되었을 텐데 그런 것도 없었다.

완전히 조각상만 보면서 깨달아야 한다.

위드는 사냥도 쉬고 조각상에만 매달렸다.

어쩌면 조각술 스킬이 필요할지도 모른다는 생각에, 그라페스의 몬스터나 화령의 조각품을 만들면서 스킬 숙련도도 조금씩이나마 올렸다.

크게 진전이 없이 3시간 정도를 보내고 있을 때였다.

다크 게이머들은 근처의 가까운 곳으로 사냥을 가고, 조각 생명체들도 따로 인근에서 사냥을 했다. 화령은 밤이라서 접속을 하지 않았으며, 위드와 서윤만이 남아 있었다.

"검술. 검술을 깨달아야 되는데……. 조각술이라면 마스터까지 얼마 남지도 않았으니 계속 올릴 수 있어. 하지만 검술 스킬이 모자라서 익히지 못하는 거라면 앞으로 언제 배울

수 있을지 기약도 할 수 없는데."

위드가 골머리를 싸매고 있는데 등줄기를 서늘하게 만드는 소리가 들렸다.

스르릉.

검집에서 검이 빠져나오는 소리.

위드가 뒤를 돌아보니 서윤이 차가운 표정으로 검을 뽑아 들고 있었다.

"거, 검은 왜?"

조각 생명체들을 보내 놓은 지금, 설마 서윤이 그를 공격하는 것은 아닌가!

해묵은 오해였지만 서윤은 간혹 무서울 때가 있었다.

오랫동안 말을 하지 않고 지내다 보니 목소리에 억양을 담지 않고 이야기를 하거나, 혹은 말보다는 행동이 앞서는 경우가 많았다.

바로 지금처럼!

서윤이 검을 휘둘렀다.

물론 그 대상은 위드가 아니라 허공이었다.

어느덧 시간은 달이 떠오른 한밤중.

서윤의 검이 달빛에 빛나며 흩뿌려졌다.

그녀가 사뿐사뿐 움직이면서 검을 휘두르는 동작들은 위드에게도 익숙했다.

"조각상이 취하던 동작들!"

촤라라라락.

서윤의 검술이 부드럽게 펼쳐졌다.

춤처럼 조각상의 동작들을 연결해서 따라 해 보는 것이었다.

위드도 검술의 동작들을 심도 있게 분석하고 부분적으로는 따라 해 봤지만, 중간 중간 흐름이 끊어졌다.

서윤은 조각상이 만들어진 순서가 아니라, 달빛에 비춰져서 점점 빛을 내는 순서대로 움직였다.

후우우우우웅!

서윤의 검이 강렬한 빛을 뿌렸다.

마치 빛의 검을 들고 있는 것처럼!

-검술의 비기, 광휘의 검술을 터득하셨습니다.

서윤이 먼저 검술의 비기를 습득했다.

그녀의 몸은 마치 특별한 축복이라도 받은 것처럼 빛에 둘러싸여 있었다.

위드는 그녀가 멈추고 나자 물었다.

"혹시 검술의 비기를 배웠니?"

끄덕끄덕.

서윤의 고개가 위아래로 움직이는 것을 보며, 위드는 환하게 웃었다.

"잘됐다."

하지만 속으로 살살 아파 오는 배!

"흠흠, 뭐, 원래 여자들에게 먼저 배려를 해 주는 게 예의지. 이제 나도 익혀도 되겠군."

서윤이 하는 것을 보았기에 위드도 조각상의 동작들을 따라서 취했다.

검술을 익혔기 때문에 동작을 따라서 하는 것은 훨씬 잘했다.

개개의 동작의 의미에 따라서 몸 전체의 무게를 실어서 강하게 휘두를 때도 있었고, 어떤 때에는 산들바람처럼 가볍기도 했다.

위드는 동작들을 따라 하면서 정말 검술 같다는 느낌을 받았다.

'특정한 스킬이라기보다는 고정된 동작들이 연속으로 이어지는 검술에 가까운 것 같다.'

실전에서 검술이 어떻게 쓰이게 될지는 상당한 의문이 들었다.

몬스터나 비행 생명체나 혹은 주술사, 소환술사, 마법사들과 싸울 때마다 상황이 전혀 달라질 수 있었기 때문이다.

-검술의 비기, 광휘의 검술을 터득하셨습니다.

광휘의 검술 : 조각사이며 검사인 자하브가 만든 검술.

빛을 모아서 사용하는 검술이다.
스킬의 레벨에 따라 빛의 형태는 짐승이나 몬스터, 조각품으로 달라짐.
검술에 사로잡힌 적은 환각에 빠져서 움직이지 못함.
단, 적들이 많아질수록 효과는 감소한다.
검술을 중단하면 효과는 사라짐.
달빛 조각술로 인하여 스킬의 위력이 커집니다.
직업과, 익히고 있는 다른 스킬의 특성상 낮보다는 밤에 위력이 커집니다.
어둠의 속성을 가진 몬스터에게 유용함.

-검술 스킬의 숙련도가 증가합니다.

"일단 사냥부터 가 보자."

위드는 서윤과 같이 켈코그가 나오는 장소로 향했다.

"광휘의 검술!"

마나를 소모하면서 순간적으로 발동하는 스킬이 아닌 검술이었기 때문에 동작들을 그대로 펼쳐 내야만 했다.

"케에엑?"

켈코그들은 창을 던졌지만 강렬한 빛에 눈이 부셔서 명중률이 많이 떨어졌다.

위드는 멀찌감치 떨어져서 검술을 마저 끝까지 시전했다.

몬스터와 달라붙어서 싸우는 게 아니라 혼자서 움직이려니 우스꽝스러운 모습이 되리라고 여겼지만 겉보기는 그렇지 않았다.

위드가 검을 두 차례 휘두르고, 뛰어올라서 힘을 모아 위에서 아래로 내려찍는다. 그러자 빛나는 참새들이 나타났다.

참새들은 위드의 근처를 빙글빙글 돌더니 날개를 파닥이고 몬스터들에게 날아가서 폭발했다.

콰과과과과광!

하늘과 땅의 중간에 빛줄기가 연결된 것 같은 화려한 효과!

위드가 검을 휘두를 때마다 빛의 새들이 몬스터들을 향하여 날았다. 켈코그들은 환상에 빠져 잡히지 않는 새들을 잡기 위해 빙빙 돌기도 했다.

그리고 검술을 완전히 다 펼치고 난 후에는 전리품만이 그 자리에 남았다.

-광휘의 검술 스킬 숙련도가 증가합니다.

위드의 마나가 8,000이 넘게 쭉쭉 감소했지만, 마나의 회복 속도를 늘려 주는 여러 아이템을 착용하고 있어서 조금 보완은 됐다.

"이런 검술이었군."

위드의 입가가 부들부들 떨렸다.

지금까지, 멀리 떨어져서 화살을 쏘거나 하는 몬스터들은 상대하기가 상당히 까다로웠다. 공격만 하고 빠르게 도망치거나 하면 상당히 난감한 부분이 있었다.

하이 엘프의 활을 꺼내서 쏘더라도, 그 활로만 사냥을 할 수는 없었던 것.

"몬스터들을 다 잡아 줘야겠어!"

칼라모르 왕국의 기사 콜드림!

헤르메스 길드에서는 그를 상대하기 위한 만반의 준비를 했다.

한때 콜드림이 군대를 이끌고 와서 하벤 왕국이 시스타인 요새까지 밀린 적이 있었다. 물론 헤르메스 길드가 참전하지 않은 전투였고, 국왕군이 참패를 하는 바람에 오히려 하벤 왕국을 장악하기는 더욱 쉬워졌다.

"그래도 콜드림이 이끄는 기사단은 대단히 무섭다. 계획대로 병력을 투입하여 완벽하게 전멸시키도록 한다."

헤르메스 길드는 칼라모르 왕국의 국경 수비군을 격파하고, 6개의 성과 2개의 요새, 14개의 마을을 점령했다.

칼라모르 왕국에서 콜드림이 총사령관으로 전장에 투입되었다는 소식을 듣자마자, 헤르메스 길드의 주력군은 둘로 갈라졌다.

"별동대는 돌아가서 요론 요새를 점령하고, 본대는 이곳에서 콜드림의 군대를 맞이한다."

콜드림이 이끌고 오는 군대는 칼라모르 왕국의 정예군. 기사단이 7개나 포함되어 있을 뿐만 아니라, 1만 기가 넘는 기병들까지 속해 있다.

헤르메스 길드의 본대는 말들이 움직이기 어렵게 땅을 파놓고 함정들을 설치했다.

마법사와 궁수뿐 아니라 기사단의 진격을 방해하기 위해 공성전에 쓸 만한 쇠뇌까지 대량으로 준비했다.

콜드림이 이끄는 칼라모르 왕국군과 헤르메스 길드의 전투가 벌어지는 날.

각 방송사에서도 생중계를 나서면서 유저들의 관심이 집중되었다.

전투의 결과에 따라서 하벤 왕국과 칼라모르 왕국, 중앙 대륙의 판도마저도 달라질 수가 있었다.

하지만 콜드림이 이끄는 칼라모르 왕국군은 쉽게 공격을 하지 못하였다. 헤르메스 길드에서는 평원에 온갖 함정들을 설치해 놓았기 때문에 지루하게 대치하기만 했다.

그사이에 별동대가 칼라모르 왕국의 내부로 깊숙하게 들어갔다.

헤르메스 길드에서는 별동대에 기병들과 길들인 그리폰 부대에 레인저와 마법사 들을 대량으로 배치해 놓았다.

별동대의 전력도 어지간한 성은 날아 넘어가서 점령할 수 있을 정도라서, 콜드림에게 힘든 선택을 강요했다.

헤르메스 길드의 본진을 놔두고 대거 별동대를 쫓아갈 수는 없었다. 그들이 빠지고 나면, 칼라모르 왕국에서 세 번째로 큰 도시가 적들에 의하여 점령되어 버리기 때문이다.

"하벤 왕국군을 공격한다."

결국 콜드림은 선택을 강요받고 불리한 싸움을 개시했다.

칼라모르 왕국군의 대진군!

헤르메스 길드에서 마법과 쇠뇌로 대응하면서 대대적인 전투가 벌어졌다.

두 왕국의 운명이 걸렸다고 해도 과언이 아닌 전투였다.

페일의 일행에 뒤늦게 검치가 합류했다.

"괜히 신세만 지는 건 아닌지 모르겠구나."

"아닙니다. 저희도 근접 전투를 맡아 줄 사람이 필요했는데요."

페일이 부드럽게 말했다.

상점을 이용하고, 또 퀘스트를 받기 위하여 잠시 모라타에 왔다가 검치를 만난 것이다.

"이 근처 사냥은 좀 해 보셨어요?"

"누가 데려가 줘서 던전이란 곳을 몇 곳 가 보기는 했다."

검치는 생각만 해도 시시하다는 듯이 하품을 했다.

"그런데 적당히 싸울 만한 놈들도 없더구나."

"하긴 그러실 거예요. 모라타에서 아주 가까운 곳들은 프레야의 성기사단에 의해서 토벌이 되기도 했고, 유저들이 많이 가서 사냥을 하고 있으니까요."

알려진 던전일수록 사람들이 많이 몰렸다.

경험치를 많이 주고 아이템이 좋은 게 떨어지면 너도나도 몰려간다. 그러다 보니 마땅히 몬스터를 잡기가 애매할 때도 있었다.

"그게 정말 그렇더구나."

수르카도 손에 강철 장갑을 끼며 말했다.

"저희가 많이 도와 드릴게요."

"그래. 어서 가자꾸나."

페일 일행에 검치가 끼어서 모라타의 성문을 빠져나갔다. 그러자 광장에서 장사를 하던 상인들이 쑥덕거렸다.

"뒤집힌 던전을 싹 쓸어버렸다던 사람이 저 사람이라면서?"

"파티에 끼어 가서, 혼자서 몬스터를 다 잡아 버렸다던데."

던전에 도착해서 검치는 가볍게 앞으로 나섰다.

"에고… 늙으면 죽어야지."

검치가 휘두르는 검에 몬스터들은 회색빛으로 변했다.

치명적인 일격은 예사로 터트렸고, 몬스터들이 공격을 하며 드러나는 취약한 부분들을 장난처럼 베었다.

"나이를 먹으니 몸을 움직이는 게 젊을 때처럼 편하지가 않은 것 같아."

빡! 와장창!

빠바바바바박.

검치의 무기술 스킬은 고급 7레벨.

몬스터만을 상대로 해서는 이룩하기 불가능한 경지였다.

무예인의 무기술 스킬이 고급 5레벨을 넘으면 자연을 극복하고 스스로를 넘어야 한다.

검치는 무기술 스킬이 한 단계씩 발전할 때마다 아주 미묘한 숙련도 변화의 차이를 깨닫고, 최적의 성장 과정을 밟아 왔다.

그게 다른 사람들보다 적게 사냥을 하고도 스킬의 성장이 빠른 이유였다.

페일과 다른 동료들은 다 검치가 죽여 버리기 전에 부산히 나서서 몬스터를 처리해야 했다.

-새삼스럽게 느끼는 거지만 검치 님이 정말 강하긴 하신 거 같아요.

-저 힘과 무게가 검 끝에 실리는 날카로운 공격. 가볍게 움직이는 걸로 보이는데 어떻게 저렇게 정확한 공격을 할 수 있는지 모르겠어요.

- 저런 분이 무려 500명이 넘으니까요.

-…….

수르카만 하더라도 주먹으로 레벨 350이 넘는 몬스터도 떡이 되도록 두들길 수 있을 정도였다. 제피도 낚싯대를 휘두르면서 제법 잘 싸우는 축에 들었다.

그런데 검치를 보면 대단하다고 느낄 수밖에 없었다.

"검을 쓰기도 귀찮군."

몬스터들이 떨어뜨린 창이나 도끼가 있으면 바로 집어 들고 싸웠다.

무기술은 어떠한 무기라도 능숙하게 다루며 최대의 파괴력이 나오게 해 준다. 어떤 병기를 쥐더라도 몬스터들을 잡는 데 지장이 없었다.

때때로 워리어처럼 보이기도 하고, 야만족 병사처럼 느껴지기도 했다.

검치가 자주 무기를 바꾸는 것을 보면서 페일이 질문했다.

"검이랑 다른 무기는 쓰임새가 조금 다른데, 괜찮으세요?"

무기술 스킬이 있더라도 무게중심이나 전투에서의 쓰임이 다 다른데 바로 적응하는 게 신기해서 물어본 것이었다.

"어떤 무기든 전투는 손맛으로 하는 거란다."

몬스터를 후려갈기는 손맛!

유로키나 산맥에서는 중병기라고 할 수 있는 오크들의 글레이브를 쓰면 갑옷까지 단번에 때려 부수는 재미가 있었다.

제피가 의아해서 물었다.

"손맛도 역시 검이 제일 좋지 않으세요?"

검치는 평생 검을 수련하면서 살아온 사람이다. 다른 무기도 몇 가지 익혔을 수 있겠지만, 그럼에도 검에서 타의 추종을 불허하는 경지에 오른 사람이었다.

당연히 검에 대한 예찬을 할 수밖에 없지 않을까.

"최고의 손맛은 검이 아니고……."

검치가 슬며시 눈치를 살폈다.

사실대로 말하려면, 미성년자나 어린 학생이 들으면 정서적으로 좋지 않은 영향을 미칠 수 있는 이야기를 해야 했다.

"어릴 때 잡았던 쇠 파이프와 각목을 따라올 만한 게 드물긴 하지."

"……."

"검은 마음을 단련하는 수단이란다. 훌륭한 검사의 마음은 명경지수와 같아서, 어떤 일에도 동요하거나 흔들림이 없지."

그 순간, 던전 저쪽 통로에서 갑자기 한 무더기의 몬스터들이 몰려왔다.

"인간이 침입해 왔다."

"덩치 크고 못생긴 인간부터 죽여라."

"대장, 누구부터 공격하라는 뜻인가. 나이 많은 놈을 말하는 건가?"

"그렇다."

"케케케케켈!"

다른 동료들이 손을 쓸 틈도 없이, 검치가 몬스터들을 향해 달려들었다.

"죽여도 곱게는 안 죽이겠다. 크하하하하!"

로자임 왕국의 늙은 시녀

화령이 접속하고, 다크 게이머들이 합류했다.

위드는 조각 생명체들도 모아서 사냥을 다시 진행했다.

"여기는 자하브 님이 있었을 때에나 들어가던 던전인데요."

다크 게이머들은 가이트너 던전의 입구에서 발걸음을 주저했다.

자하브 1명의 전투력이 워낙에 뛰어났다. 검술로 상대의 공격을 막아 내고 막강한 공격력을 발휘하던 그가 없어졌으니 전체적인 전력이 크게 떨어졌다.

"들어가도 괜찮습니다."

위드와 서윤이 먼저 던전으로 들어가니, 화령도 따라 들어갔다.

"위드 님이라면 무슨 생각이 있을 거예요."

다크 게이머들은 잠시 의견을 교환했다.

"던전에 들어가도 괜찮을까? 지금까지 봐 온 성격으로는 허무맹랑한 일을 저지를 사람 같지는 않은데."

"내 생각도 그래. 전쟁의 신 위드가 던전 사냥에서 허망하게 죽진 않겠지."

"자하브가 없더라도 전멸할 정도로 위험하진 않을 테니 같이 가 볼까?"

다크 게이머들은 육체가 곧 밑천이었기 때문에 몸 생각은 끔찍하게 했다.

"여기서 따로 떨어져 나가서 도시로 돌아가는 것도 허무하지. 이렇게 충실하게 사냥에 빠진 적도 없으니."

"난 가겠네."

볼크와 데어린이 먼저 던전으로 들어가고, 다른 다크 게이머들도 따라서 들어갔다.

펙코일이라는 던전의 비행 몬스터들과의 전투에서 위드는 검술 스킬을 사용했다.

"광휘의 검술!"

위드의 몸에서 뿜어져 나오는 빛의 검술!

황홀할 정도로 아름다운 빛의 새들이 펙코일들을 향해 날아들었다.

서윤도 검술의 비기를 쓰면서 빛의 검의 공격이 이뤄졌다.

"어디서 이런 스킬을… 들어 본 적도 없는 공격 기술인데."

다크 게이머들의 눈이 휘둥그레진 것은 두말할 필요도 없는 일. 웬만한 전투는 다 경험해 봤지만 처음 접하는 기술이었다.

"광휘의 검술!"

위드가 스킬을 사용할 때마다, 다크 게이머들은 전투를 하는 와중에도 유심히 살폈다.

'크흠, 강하군.'

'빛이 가닥가닥 쪼개져서 몬스터들을 도륙하다니. 꽤나 멋진걸.'

어려우리라 생각했던 펙코일들 사냥이 가능했다. 그 이유는 위드와 서윤이 시전하는 검술 때문이었다.

마나뿐만 아니라 체력까지도 극도로 소모하는 검술의 비기였지만, 이곳의 몬스터는 월등히 강했기 때문에 쓰지 않을 수가 없었다.

몬스터들과 싸워서 이기기만 한다면 전리품도 두둑하게 챙기고, 경험치도 많이 얻을 수 있다.

죽느냐 사느냐가 문제일 정도로 힘겨운 사냥이었지만, 던전 안은 신비로운 빛으로 가득해 아름답기까지 했다.

위드와 서윤은 광휘의 검술로 몬스터들의 생명력을 쭉 깎아 놓고, 나머지는 근접전으로 해결했다.

현실 시간으로 새벽 4시!

위드는 다른 때보다 일찍 접속을 했다.

시장을 갈 필요도 없었고, 아침은 간단히 볶음밥으로 할 작정이었기에 새벽부터 로열 로드에 들어왔다.

그래도 조각 생명체들만 데리고 사냥을 하기에는 부담스러워서 조각품이나 만들며 쉬려고 했다.

"주인 왔나."

늘어져라 자고 있던 누렁이가 하품을 했다.

반 호크, 토리도와는 달리 조각 생명체들은 적당히 잠을 자 줘야 되었다.

"그래. 많이 먹어라."

위드는 여물을 삶아서 주고 자리에 앉았다.

조각술 마스터에 가까워지면서 무엇을 만들어야 할지에 대해 고민이 깊어지고 있었다.

'조각품도 한 방인데… 있는 돈 없는 돈 끌어모아서 제대로 비싸고 화려한 걸 만들어 볼까?'

영주의 권한으로 모라타와 바르고 성채의 세금을 인출, 귀금속으로 되어 있는 거대한 조각품을 만들 수가 있다.

물론 돈만 많이 들인다고 해서 좋은 작품이 나오리라는 보장은 없지만, 그래도 재료가 훌륭하다면 아무래도 유리한 것이 사실.

위드가 조각 재료들을 주섬주섬 풀어 놓고 있는데 화령이 접속했다.

그녀는 둘만 같이 있는 시간을 위해서 새벽 일찍 접속해서 기다릴 셈이었다. 그런데 마침 위드가 있는 것이다.

화령은 보조개가 보일 정도로 살포시 웃었다.

'역시 인연이란 어쩔 수가 없다니까.'

아우우우!

멀리서 늑대의 울음소리도 들렸다.

"아, 오늘따라 왜 이렇게 무섭죠?"

화령은 위드의 앞에 바짝 다가앉았다.

늑대라면 이제 5,000마리라도 한꺼번에 사냥할 수 있는 그녀가 약한 척을 했다.

그가 만드는 조각품을 자연스럽게 내려다볼 수 있는 위치!

위드의 시선이 그녀의 몸매를 재빨리 훑으며 지나갔다.

화령은 숱한 남자들의 시선을 받아 봤던 탓에 그 눈빛을 놓치지 않았다.

'위드 님도 역시 남자였어.'

위드의 눈동자가 커진 것까지 확인하고는 괜히 기분이 좋았다.

'오늘 또 다른 드레스를 입었구나.'

보석 드레스는 가격이 무려 7만 골드짜리!

구두와 목걸이, 팔찌까지 맞춤이었다.

위드는 화령이 착용하고 있는 아이템들을 보면서 더없이 부러웠다.

'정말 비싼 옷들이 많군.'

'내 몸매에 완전히 반한 거야.'

화령은 약간 허전함을 느꼈다.

'오늘은 화장도 별로 신경을 안 썼는데… 드레스도 밤에는 좀 더 파이고 은근한 걸 입어 줄걸 그랬나? 아냐, 위드 님은 청순한 느낌을 좋아할 것 같아.'

댄서로서, 옵션이 많이 붙은 드레스보다는 느낌이 좋으면 되었다. 초보 시절 입었던 드레스까지 여전히 다 가지고 있어서, 화령의 배낭은 옷 가방과 액세서리 가방으로 나뉘었다.

"저기, 새로 산 옷으로 바꿔 입고 올 테니 좀 봐 주실래요?"

위드로서는 거절할 이유가 조금도 없었다.

화령이 자기 옷을 입겠다는데 왜 반대한단 말인가.

"예."

화령은 30분쯤 지나서 완벽한 청순 글래머의 느낌으로 돌아왔다.

긴 머리에 흰 원피스로 수수한 멋을 낸 것이다.

"제 모습 어때요?"

"자연스럽게 눈길을 끈다고나 할까, 예쁘네요."

화령은 잠시 후에 다른 의상으로 또 바꿔 입었다.
발랄한 여성 여행자의 복장!
"이 옷은요?"
"편해 보이는데 예쁜데요."
화령은 계속 드레스를 바꿔 입으면서 위드에게 보여 줬다.
"가방이 참 멋진데요. 좋은 가죽을 사용한 것 같아요."
위드는 그녀의 모습을 조각품으로 남기기도 했다.
그녀에게는 정말 기쁜, 둘만의 시간이었다.
다정한 시간을 보내다가 화령이 말했다.
"산 좋아하세요?"
"산요? 뭐, 싫어하지는 않죠."
산동네에서 살았던 시간이 어디 하루 이틀도 아니고, 싫어할 것도 좋아할 것도 없는 형편이었다.
"제 생일이 봄인데, 날씨도 좋아지면 가까운 곳으로 같이 등산이나 하러 갈래요?"
화령의 용감한 데이트 신청이었다.
현실에서 만난다면 알아보는 사람들 때문에 스캔들을 피하기가 굉장히 어렵다. 하지만 위드와 현실에서도 같이 있어 보고 싶었다.
특히 그녀가 편하고 자유로움을 느끼는 산에 같이 갈 수 있다면 얼마나 좋을까.
'생일이라면, 뭐.'

화령은 동료들 중에서도 위드를 많이 생각해 주고 도움이 되려고 했다.
"예. 뭐, 파전에 막걸리 정도 싸서 한번 놀러 가죠."

서윤과 다크 게이머, 조각 생명체 들과의 사냥이 효율적이기는 하였지만, 미지의 지역에서 밤마다 거대한 울음소리가 들렸다.
그럴 때면 새들이 숲에서 한꺼번에 날아오르고, 그라페스에 사는 이종족들이 영역을 옮겼다.
"주인, 여기는 위험해 보인다."
빙룡도 무언가 이상한 낌새를 눈치챘다.
'그라페스의 보스급 몬스터가 있을지도 모르겠군.'
지골라스에서 온갖 생고생을 다 하고, 최종적으로는 어부지리로 혼돈의 대전사 쿠비챠를 사냥했다. 이번에도 그런 꼴을 당하지 말란 법이 없었기에 위드는 레벨을 406까지 올리고 나서 그라페스 지역을 떠나기로 했다.
꾸준히 계속 사냥을 할 수 없는 점은 유감이었지만, 금역에 가서 무사히 자하브를 만나고 살아 나온 것만으로도 대성공이었다.
"일단 모라타에 물건부터 가져다 놔야겠군."

위드는 와이번들을 시켜서 그가 만든 조각상을 영주성으로 옮기기로 했다.

"와일아."

"꺼액. 꺄아악."

"맛있는 거 먹으러 다른 장소로 새지 말고, 곧장 영주성으로 가야 된다."

"캬캬캬캿. 주인의 말이니 물고기도 안 먹고 바로 가겠다."

"나중에 이빨 사이에 가시 박혀 있으면 죽는다."

"모라타로 바로 가겠다."

와이번들을 이동시키고, 빙룡과 불사조도 함께 붙여 놓았다. 그 정도라면 모라타까지 가는 길에 별일은 생기지 않으리라.

검술의 비기가 담겨 있는 조각상들이기 때문에 귀중하게 다루어야 하는 건 당연했다.

다크 게이머들과 화령과도 나중에 모라타에서 다시 만나기로 했다.

"그럼 나중에 봐요. 돌아오시면 연락 주세요!"

"예. 화령 님도 조심해서 가세요."

그들도 짐을 싣지 않은 와이번에 타고 모라타로 이동하기로 했다.

화령은 다른 동료들도 있는 모라타로 돌아가는 게 당연했지만, 다크 게이머들도 원래 활동하던 왕국인 브렌트를 버리기로 한 건 상당히 의외였다.

'저 검술 스킬, 아주 대단해 보이는군.'

'정말 굉장한데. 몬스터와 싸울 때는 크게 도움이 되겠고, 처음 보는 사람들은 당황해서 제대로 상대하지도 못하겠어.'

위드와 서윤이 사냥 중에 광휘의 검술을 쓸 때마다 다크 게이머들은 눈독을 들였다.

그들이 아는 검사들의 스킬 중에서는 일찍이 전혀 알려진 바 없는 기술!

'자하브가 검술 마스터라고 했으니 그에게서 배워서 익혔던 거 같군.'

'검술의 비기일 가능성이 높다.'

다크 게이머들은 친절해졌다.

"붕대가 떨어졌군."

"위드 님, 여기 이 붕대를 쓰십시오."

"아직 한 번도 안 쓴 붕대 묶음 세트인데, 이거 드릴게요."

"화살도 없는데."

"제 화살통 받으세요. 마법이 걸린 화살통이라서 오백 발까지도 보관할 수 있는 건데요, 부담 갖지 마시고 쓰세요. 안 돌려주셔도 됩니다."

위드가 필요하다고 하면 바로 가져다 바쳤다. 혹시라도 검술의 비기를 알려 줄지도 모른다는 희망 때문이었다.

위드는 당연히, 자하브의 검술의 비기를 독점하고 싶은 욕

심을 가지고 있었다.

 그가 직접 만든 조각상은 검술의 비기를 터득할 수 있는 보물. 오직 검치 들에게만 알려 줄 생각이었다. 다른 누가 어떤 부탁을 하더라도 검술의 비기를 알려 줄 수는 없다.

 하지만 자하브가 세상에 나선 이상 광휘의 검술을 익힌 다른 사람들이 나타날 가능성도 높았다. 그때가 되면 다크 게이머들과도 적당한 거래를 할 수 있으리라.

 서윤의 경우에는 로자임 왕국에서 할 일이 있다면서 위드와 같이 가기로 했다.

 와삼이가 무거운 엉덩이를 들고 날기 위하여 뒤뚱뒤뚱 걸어가려 할 때였다.

 "와삼아."

 "꺄룩?"

 "넌 나랑 같이 가자."

 "까까까꼭!"

 와삼이는 울면서 엎드렸다.

 그렇게 위드는 서윤, 와삼이와 같이 로자임 왕국을 향하여 비행했다.

 "와삼아, 옷이라도 한 벌 만들어 줄까?"

 와이번의 셋째, 와삼이는 주둥이를 찢어져라 벌리며 머리를 끄덕였다.

'과연 주인이 나를 많이 고생시키긴 했어도 가장 아껴 주는군.'

"두꺼운 옷으로 만들어 줄게. 날씨도 추우니까."

"주인, 옷을 만들어 준다는 말만으로도 고맙다."

"오래 타다 보니까 춥고 등이 너무 딱딱하더라고. 푹신한 이불이라도 깔려 있어야지. 아, 베개도 만들어 놔야겠군."

"……."

공간만 넉넉하다면 나무 의자와 책상까지 메고 다니라고 하지 않을까 염려될 정도!

위드는 로자임 왕국으로 가는 비행길에서도 달빛 조각품을 만들었다.

서윤은 바람에 머리카락을 날리면서 그 광경을 지켜보았다.

남자가 일에 몰두하는 모습은 매력적일 때가 있다. 하지만 서윤은 아무것도 하지 않고 멍하니 있어도 여신처럼 아름다웠다.

흩날리는 머릿결, 높은 하늘에 떠 있는 달과 별들을 배경으로 그녀가 앉아 있다.

위드가 달빛 조각술을 쓸 때마다 필요하지 않은 조명효과까지 났으니 그 미모야말로 최고의 보물이라고 해도 과언이 아닐 지경!

"조각술은 알면 알수록 무궁무진한 가능성을 가지고 있는 것 같아."

위드는 조각칼을 움직였다.

자하브가 만들어 놓은 참신한 조각품들을 보면서 많이 감동했다.

"조각품도 비싸게 팔릴 수 있는 세상이 곧 오겠지."

조각사로서 더할 나위 없이 진심으로 바라는 미래였다.

조각품으로만 먹고살 수 있다면, 원하는 길에 꿈과 희망을 걸면서 살아갈 수 있다면 정말 행복할 것이다.

로자임 왕국!

위드가 과거에 시작했을 때와 비교하면 많이 변화해져 있었다.

고급스러운 상점들이 세워지고, 초보자들의 여행복이 대세를 이루었던 유저들의 옷차림도 많이 고급스러워졌다.

"로자임 왕국도 많이 커졌군."

위드와 서윤은 와이번을 타고 멀리 떨어진 뒷산에서 내려서 왕국의 수도인 세라보그 성을 향해서 걸었다.

지나다니는 상인들, 모험가들 중에는 어쩌면 위드와 안면이 있던 사람들도 있으리라.

"정말 고향에 왔어."

당시에 팔아 치운 엄청난 양의 조각품들, 덩달아 그에게 바가지를 당한 무수한 희생자들.
　피라미드를 짓는다며 무거운 돌덩어리들을 나르며 고생한 유저들!
　지금 돌이켜 보면 좋은 추억이었고, 반가운 사람들이었다.
　위드는 서윤과 함께 발걸음을 재촉했다.
　"도시에 가서 할 일이 제법 많겠어."
　그라페스에서 전리품을 챙겨서 배낭 4개가 꽉꽉 찼다. 꼭 필요하지 않은 물건들을 처분하고, 늙은 시녀도 만나 봐야 했다.
　"드디어 노래를 불러 주게 되는군."
　서윤은 다소 걱정스러운 얼굴이었다.
　그도 그럴 수밖에 없는 이유가, 위드가 연습을 하는 노래를 들어 봤기 때문이다.
　자하브의 감미로운 미성과는 수천 광년 거리가 있을 듯한 완전한 생목!
　아침에 우는 닭이 주눅이 들 정도로 쏟아 내는 괴성.
　'괜찮을까? 별일이 없으면 좋을 텐데.'
　서윤은 걱정을 하면서 따라갔다.
　위드가 세라보그 성의 성문을 막 통과하여 광장으로 가려고 할 때였다. 로자임 왕국의 성문을 지키는 기사와 경비병들이 나타나서 그를 포위했다.

그러자 주변의 유저들이 손가락질을 하며 떠들썩해졌다.

"어라, 저 사람 왜 저래?"

"무슨 죄라도 저지르고 도시로 들어오려는 거 아니야?"

"잘됐다. 구경거리 생겼네. 경비병들한테 맞아 죽을 거야."

"차림새를 보니 완전 초보는 아닌 것 같은데 경비병 정도는 없앨 수 있지 않을까?"

"그러면 뭐해. 로자임 왕국과는 완전히 적대적이 되어 버릴 뿐만 아니라 군대가 출동해서 쓸어버릴걸."

위드는 너무나도 억울했다.

'내가 무슨 죄를 지었다고……'

최근에 나쁜 짓을 약간 미세하게 저지른 것밖에 떠오르지 않았다.

'언데드로 활동을 조금 했고, 해적들과 잠깐 어울렸으며, 불사의 군단에 속해서 폴론의 헤르메스 길드와 싸운 것밖에 없는데……'

평판을 떨어뜨리는 행동이기는 했다.

그래도 다 먹고살자면 그 정도는 저지르면서 사는 게 아니던가!

기사와 병사들은 무기를 뽑아서 위드를 향해 휘두르는 게 아니라, 가슴에 손을 올리며 정중하게 인사를 했다.

"여행자님의 방문을 환영합니다."

보기 좋은 구경거리를 기대하던 유저들은 병사들의 행동

에 당황했다.

"커헉."

"여기서 2년 넘게 장사를 하면서 병사들이 저러는 건 처음 보는데. 기사까지 고개를 숙였어!"

"저 사람 누구야?"

"중앙 대륙의 랭커가 여기에 놀러 온 건가? 하지만 병사들이 이렇게 반응할 정도의 명성이라면 도대체……."

성문을 오가던 유저들의 뜨거운 시선이 위드와 서윤에게로 향했다.

위드는 무시하고 안으로 들어가려고 했는데, 그때 기사가 말했다.

"국왕 폐하께서 여행자님이 오시면 인사라도 하고 싶다며 왕성으로 모셔 오라고 하셨습니다."

명성과 업적의 효과!

베르사 대륙의 어느 왕국의 국왕이라도 만날 수 있기는 했지만, 로자임 왕국은 위드의 출신 국가이기도 하였으니 대우가 더욱 남달랐다.

위드가 만약에 세라보그 성에 계속 남아서 활동을 하였다면 로자임 왕국에 어마어마한 발전이 있었을지도 모를 일.

"대륙의 평화를 지키기 위하여 지금은 해야 할 일이 있습니다. 로자임 왕국을 통치하시는 위대한 국왕 폐하를 만나는 일은 저에게도 무척이나 영광스러운 자리이지만, 바쁜 일이 있어서 나중에 뵈었으면 합니다."

늙은 시녀를 만나는 일은 오래 끌어왔던 만큼 빨리 해결하고 싶었다. 로자임 왕국의 국왕은 언제라도 만날 수 있었다.

"정 그러시다면 어쩔 수 없지요. 국왕 폐하께서도 기다리고 계실 테니 꼭 알현을 해 주시기 바랍니다."

"그렇게 하겠습니다."

위드는 서윤과 함께 유저들의 시선을 잔뜩 받으면서 세라보그 성으로 들어갔다.

"물건 사고팝니다. 상점 구매 대행, 판매 대행도 해 드립니다."

"필요한 장비 주문 제작해 드려요."

"사냥 가시기 전에 필수품들을 확인해 보세요. 여기서 싸게 싸게 팝니다."

위드는 광장으로 가서 무거운 배낭부터 처리하기로 했다.

유별나게 비만인 체형의 남자가 짐마차를 세워 놓고 기다리고 있었다.

"혹시 위드 님이십니까?"

"맞습니다."

마판으로부터 연락을 받고 기다리던 상인이었다.

로자임 왕국에서 신흥 거부로 떠오르고 있는 거래 전문 상인 '돈내놔'였다.

"물건은 가져오셨습니까."

"먼저 돈부터."

"여기. 그리고 괜한 노파심에서 하는 말이지만 물건은 틀림없겠지요?"

"직접 확인해 보시죠."

　위드와 돈내놔가 하는 말은 사정을 전혀 모르는 사람이 들으면 흡사 불법적인 거래라도 하는 것 같았다.

"확실하군요. 수량도 틀림이 없고. 잘 받았습니다."

"좋은 거래였습니다. 기회가 되면 다음에 또……."

"물건 생기면 언제든 세라보그 성의 돈내놔를 찾아 주시면 됩니다."

　케이블에서 하는 범죄 영화가 끼친 악영향이었다.

　거래는 짧을수록 좋았기 때문에 위드는 돈주머니를 받아 들고 미련 없이 돌아섰다.

　별것 아닌 것 같은 가죽 주머니였지만 안에 들어 있는 자금은 자그마치 16만 8,000골드!

　그라페스에서 사냥한 아이템이었기 때문에 가격이 상당히 많이 나왔다.

　서윤도 덕분에 그녀가 가지고 있던 잡템들을 좋은 값에 처

분할 수 있었다.

잡템은 모으는 것뿐만 아니라 제값을 받고 파는 것도 중요하단 사실을 실천에 옮기는 위드였다.

"이제 가자."

늙은 시녀의 집은 주택가에 있었다.

대체로 고만고만하게 비슷한 집이었지만 위드는 금세 그녀의 집을 찾아냈다.

"우유 배달 4년, 신문 배달 7년을 그냥 한 게 아니지!"

위드가 늙은 시녀의 집으로 들어갔을 때에, 그녀는 예전에 봤을 때보다 훨씬 늙어 있었다.

"모험가님이 드디어 돌아왔군요."

"네. 찬 바람과 새벽이슬을 맞으면서 대륙을 떠돌아 예전의 약속을 지키기 위하여 이곳에 왔습니다."

"자하브 님은 만나 보셨나요?"

"정정하셨습니다. 그리고 멋진 조각품들을 많이 만드셨습니다."

"아쉽지만 저는 조각품에 대해서는 많이 알지 못해요. 왕비님이 사랑하셨던 자하브 님이 기억에 남아 있을 뿐이죠. 그때의 노래를 듣고 싶어요."

위드는 자하브의 노래에 맞춰서 연주를 하기 위해서 하프를 꺼냈다.

"그러면 시작하겠습니다."

꽥… 뺙… 꽉… 쾌애애액…….

잠시 후 위드의 노래가 끝나자, 늙은 시녀는 고개를 갸웃했다.

"이상하군요."

"예?"

"그때 들었던 노래는 이렇게 시끄럽지 않았던 것 같은데. 하지만 아주 다른 노래 같지도 않고……."

음치가 만들어 낸 한계!

차라리 지골라스에 다시 다녀오는 일이 위드에게는 더 쉬웠을지도 모른다.

"하지만 과거의 추억을 돌이키면서 다시 행복할 수 있었어요. 아시나요? 나이를 먹을수록 예전의 행복했던 추억들이 보석처럼 남는 법이랍니다."

"저도 그렇게 생각합니다."

"자하브 님과 왕비님은 정말 잘 어울렸는데. 그 두 분이 조각품을 만들면서 여행을 하는 모습을 꼭 보고 싶었는데……."

늙은 시녀는 눈물을 뚝뚝 흘렸다.

나이 든 할머니의 눈물에는 괜히 약해지는 위드였다.

위드는 품에서 작은 나무토막을 3개 꺼냈다.

사각사각.

자하브의 젊은 모습을 하나, 왕비의 모습을 하나, 그리고

과거에 보았던 영상을 바탕으로 왕비와 함께 있는 시녀의 모습까지 조각했다.

-만드신 조각품의 이름을 정해 주십시오.

"시녀… 아니, 할머니의 추억."

-할머니의 추억이 맞습니까?

"그래."

할머니의 추억상을 완성하셨습니다.
지고의 경지에 다가가는 조각사 위드가 만든 작품!
매우 빠른 시간에 조각되었다.
예술적 가치 : 289.

-조각술 스킬의 숙련도가 향상되었습니다.

"여기 선물입니다."

"이런 훌륭한 조각품을 나에게 주다니! 조각품에 대해서는 잘 모르지만 대단한 실력인 것 같군요."

위드는 늙은 시녀와의 친밀도가 부쩍 늘었을 것이란 생각이 들었다.

무엇을 바라고 한 행동은 아니었지만, 기왕이면 밥이나 한 끼 얻어먹었으면 했다.

와이번도 레벨이 오르면서 이동속도가 많이 빨라졌다. 그렇기에 위드나 서윤이나 그라페스 지역에서 단숨에 날아오면서 거의 아무것도 먹지 못한 탓이다.

 서윤은 위드와 늙은 시녀를 따뜻한 눈으로 쳐다보고 있었다.

 "고맙군요. 내가 죽기 전에 이토록 큰 선물을 주어서. 당신의 노래는 아주 잘 들었습니다."

 띠링!

자하브의 유지를 이어라 완료
자하브의 노래는 시녀 알자스의 기억을 일깨웠다. 그녀는 예전에 미처 들려주지 못한 이야기를 할 것이다.
퀘스트 보상 : 그녀의 선물과 다음 퀘스트의 정보.

-명성이 569 올랐습니다.

-경험치를 조금 습득하셨습니다.

 '이 퀘스트가 여기서 끝이 아니었다니…….'

 수련소의 교관에게서 시작되어 달빛 조각사로 전직하는 기회를 주던 의뢰.

 특별히 아주 큰 퀘스트의 보상을 기대하지는 않았다. 이제 위드의 레벨도 높아서 경험치도 3.7%를 얻었을 뿐이다.

그런데 자하브와 왕비의 이야기까지 이어졌던 퀘스트는 아직도 끝난 게 아니었다.

"노래를 들려주는 사람에게 주려고 간직해 놓았던 물건이 있어요."

늙은 시녀는 자리에서 일어나 서랍에서 작은 상자를 꺼내 왔다.

"이걸 열어 보세요. 왕비님이 저에게 남겨 주셨던 보석인데 그대에게 주고 싶답니다."

위드가 상자를 개봉해 보니 찬란하게 반짝이는 다이아몬드가 3개 있었다.

'최소한 7만 골드는 될 것 같은데.'

보는 순간 견적을 뽑아 버리는 위드였다.

"그때의 이야기 중에 왕비님에 대해서 생각나는 이야기가 있습니다. 자하브 님이 떠나고 나서 왕비님은 큰 상심에 빠지게 되었답니다. 하지만 일국의 왕비로서 겉으로는 슬퍼하는 모습을 보이지 않으면서 잘 해내셨지요. 하지만 그때의 일이 발생한 지 불과 1년 반 만에 알 수 없는 병에 걸려 돌아가시고 말았어요. 그때에 왕비님이 쓰신 일기장이 어딘가 있는 걸로 아는데……."

어릴 때부터 사랑했던 남자를 떠나보내고 나서 왕비로서 살아가야 했던 한 여인!

로자임 왕국의 왕비로서 기품 있고 현숙했지만, 젊은 나이에 병에 걸려 운명을 달리하고 말았다.

"왕비님의 일기장에는 자하브 님에 대해 여러 가지 하지 못한 이야기들이 남아 있을 거예요. 그때의 일은 파비안느라는 다른 시녀를 찾아서 물어보세요. 아직까지 살아 있는지는 모르겠네요. 참고가 될진 몰라도, 그녀는 멜란포디움 팔루도숨이란 꽃을 참 좋아했답니다."

띠링!

어딘가에 있는 수상한 일기장

이베인 왕비가 작성했으리라 짐작되는 일기장에는 왕국의 비밀이 기록되어 있다고 한다.
일기장을 찾기 위해서는 왕성에서 근무했던 파비안느라는 시녀를 만나야 한다.
난이도 : D
퀘스트 제한 : '자하브의 유지를 이어라' 퀘스트를 먼저 완료해야 함.
  퀘스트의 보상을 받기 위해서는 늙은 시녀가 사망하기 전까지 완수해야 함. 취소 불가능.

다시 연계 퀘스트!

수련소 교관의 퀘스트가 벌써 몇 단계인지 계산하기도 어려웠다.

위드는 왕비의 죽음에 뭔가 있을 것 같다는 수상한 냄새를 물씬 맡았다.

"일단… 알겠습니다."

―퀘스트를 수락하셨습니다.

퀘스트의 보상을 떠나서 여기까지 오니 과연 결말이 어떻게 날지 궁금하기도 했다.

헤르메스 길드와 칼라모르 왕국의 대격돌!
사람들은 침도 삼키지 못하고 방송을 지켜보았다.
전투의 소란스러움을 뚫고 칼라모르 왕국의 기사단이 속력을 높였다. 헤르메스 길드의 본진을 관통하며 기세를 올렸다.
뿔피리 소리와 말발굽 소리, 그리고 쓰러지는 사람들의 비명 소리로 전장이 가득 찼다.
방송국들은 세세한 화면들을 담고 싶었지만, 전투의 웅장함 때문에 하늘에서 내려 보는 시점으로 시청자들에게 중계했다.
각 진형마다 수만 명이 싸우고 있을 뿐만 아니라, 칼라모르 왕국의 배후에서는 10만이 넘는 농민병까지 조직되어 도시에서 달려오고 있었다.
"칼라모르 기사단! 과연 대단합니다. 정말 무섭습니다. 콜드림이 이끄는 기사단이 마법을 부수며 진격하고 있습니다."

칼라모르 왕국 기사단은 마법 저항력을 높인 물품들로 중무장하고 있었다. 어지간한 마법들은 그들에게 아무런 피해도 주지 못하고 소멸해 버렸다.

하지만 헤르메스 길드의 고위 마법사들이 사용하는 마법은 기사단의 진형에 그대로 작렬!

이에 기사단은 능숙하게 말을 다루어 바람처럼 달리며 흩어지고 방향을 바꾸면서 헤르메스 길드를 몰아쳤다.

멋있다는 말로는 표현이 안 될 정도로, 구경하는 것만으로도 심장이 쿵쾅쿵쾅 뛰게 만드는 광경이었다.

"아, 진짜 죽인다."

"이렇게 헤르메스 길드가 콱 망해 버렸으면 좋겠다."

텔레비전 앞에 앉아 있는 시청자들, 로열 로드의 선술집에 삼삼오오 모여서 보는 유저들은 이렇게 전쟁이 끝나기를 바랐다.

중앙 대륙의 명문 길드를 상징하며, 일반 유저들이 설 자리를 몰아내는 헤르메스 길드의 세력이 꺾이기를 바라는 건 모두가 한마음이었다.

이윽고 칼라모르 왕국의 본진과 헤르메스 길드의 본진도 맞붙으면서 전선이 거대하게 형성되었다.

전투에서 이기는 쪽은 최소한 10개 이상의 성과 도시 들을 점령하게 된다. 더 멀리 본다면, 전투에서 패배하게 되면 각 왕국의 존립마저 위태로워질 수 있다.

넓은 평원에서 두 왕국이 맞붙는 박력 넘치는 전투에 몰입하여 시청자들은 시간이 가는 것조차 잊어버릴 정도였다.

완전한 전면전!

조금 시간이 지나면서부터 칼라모르 왕국의 군대가 규모가 갈수록 줄어들며 궁지로 몰리는 것이 보였다.

헤르메스 길드에는 고레벨 유저들이 다수 포함이 되어 있었으며, 일반 병사들의 훈련 상태와 장비, 상대적인 레벨도 높았다.

각 지휘관들은 궁수, 마법사, 검사, 창병, 방패병, 기병을 효율적으로 운용했다.

기병과 기사단에만 전력의 비중이 높은 칼라모르 왕국은 약점을 드러내며 전체적인 전투에서 밀렸다.

"전진하라."

"서쪽을 장악하고, 중앙을 공략한다."

오랫동안 전쟁을 준비해 온 헤르메스 길드가 이겨 나가는 모습이었다.

보병들이 칼라모르 왕국의 양 날개를 꺾어 버리고 본진을 포위했다. 장궁병들도 명예로운 칼라모르 왕국의 기사들을 1명씩 저격했다.

콜드림은 기사단을 이끌고 동분서주하면서 공적을 올리고 있었다.

헤르메스 길드에서는 치밀하게 그의 주변 기사들을 낙오

시키고, 사망하게 만들었다.

"우리의 몫은 저기에 있다."

그동안 전투를 지켜보기만 하던 바드레이와 흑기사 친위대가 출격하였다.

헤르메스 길드의 병사들 사이에서 외롭게 날뛰고 있는 콜드림이 목표.

콜드림을 포위한 후에 죽이는 것으로 헤르메스 길드의 승리를 모두에게 알릴 작정이었다.

위드와 서윤은 늙은 시녀의 집을 나와서 로자임 왕국의 거리를 걸었다.

"에휴, 이놈의 세상……."

"아, 짜증 나. 이놈의 하늘은 왜 이리 맑은 거야. 콱 비나 쏟아져 버리지."

"기분도 울적한데 술이나 한잔 마시러 갑시다."

"그러게요. 술이나 마십시다."

세라보그 성에 있는 유저들은 기분이 매우 좋지 않았다. 헤르메스 길드가 칼라모르 왕국의 수비군을 격파해 버렸기 때문이다.

방송을 본 유저들로 인하여 로자임 왕국뿐만이 아니라 베르사 대륙 전역에 있는 술집의 매출이 급상승했다.

위드에게도 헤르메스 길드의 소식은 매우 중요했다.

"결국 이기고 말았군."

헤르메스 길드가 폭삭 망해 버렸으면 더할 나위 없는 선물이 되었겠지만 기대도 하지 않았다.

처음부터 왠지 헤르메스 길드가 이길 것 같았다.

"세상은 원래 나쁜 놈들이 더 떵떵거리고 잘 사는 법이니까."

명문 길드란 다 똑같다.

헤르메스 길드가 무너지고 나면 다른 놈들이 그 자리를 차지할 테고, 그들이라고 하여 위드를 편안히 놔두진 않으리라.

도덕 책과 정반대로 살아야 출세도 하고 돈도 버는 세상이었다.

그런 생각도 잠시, 위드는 파비안느를 찾기 위한 고민에 빠졌다.

로자임 왕국의 세라보그 성은 모라타만큼이나 익숙한 장소였다. 궁핍한 초보 시절, 구석구석을 뛰어다니며 조각품 구매자를 찾아내던 시기!

"골목길까지도 익숙하기는 하지."

마차가 다니는 큰길에는 상인들의 노점까지 즐비하게 있어서, 사람들이 몰릴 때는 시간을 단축하기 위하여 골목길로 다녔기에 손바닥처럼 훤히 알았다.

지금은 그때 이후로 시간이 많이 지나서 없던 건물들도 생기고 했지만, 주택가에는 그다지 변화가 없으리라.

"멜란포디움 팔루도숨이라……."

약초에 대한 지식이 많이 쌓여 있기에 위드도 아는 꽃이었다.

"그냥 노란 꽃이군!"

적당히 예쁘고, 중간 정도의 크기에 꽃잎이 갈라진 꽃!

"예전에 이쪽 골목에 그런 노란 꽃이 많이 피어 있었던 것 같은데."

위드는 기억을 더듬으면서 서윤과 함께 세라보그 성을 걸었다.

성에 유저들이 많다고 해도 상점이 없는 골목길로 다니는 사람은 별로 없었다. 길가에 흐드러지게 피어 있는 수많은 꽃들로 꿀벌과 나비 들이 날아다녔다.

세라보그 성에서 가장 경치가 좋은 골목길을 위드는 서윤과 걸었다.

"좀 멀지?"

"아니에요."

"조금만 더 가면 될 거야. 언제 시간이 되면 근처에 벌통이라도 찾아볼 텐데. 몸보신에는 벌꿀만 한 게 없다니까."

"……."

위드는 골목길에서 멜란포디움 팔루도숨을 찾아냈다. 그리고 노란 꽃이 피어 있는 3개의 집들을 차례대로 방문했다.

첫 번째 집은 꽃을 좋아하는 정원사의 집이었다.

"대단한 손재주를 가지고 있군! 꽃꽂이를 배우러 왔다면 기초부터 차근히 가르쳐 줌세."

과거의 위드였다면 꽃은 쓸모가 없다고 여겼으니 이런 제안은 다 듣기도 전에 돌아서 버리고 말았으리라.

하지만 조각술이나 여러 스킬들을 익히면서, 베르사 대륙에 쓸모없는 건 없다고 느끼게 되었다. 그래서 정원사의 말을 따라서 시든 꽃잎을 떼어 내고 죽은 가지를 치는 방법을 배웠다.

띠링!

-스킬 : 꽃꽂이를 습득하셨습니다.

꽃꽂이 : 화초나 나무를 기르고 감상하기 위한 스킬!
꽃과 나무를 올바르게 성장시키면 스킬의 레벨과 땅과 식물과의 친화력이 오른다.
만개한 꽃은 화병에 담아 꾸미게 됨.

-스킬 꽃꽂이를 배움으로 인하여 자연과의 친화력이 3 증가합니다.

대재앙의 자연 조각술을 더 크게 발휘하기 위하여 필수적인 친화력.

위드가 배우니 서윤도 옆에서 따라서 꽃꽂이를 배웠다.

위드의 스킬 레벨은 초급 1.

"모라타의 영주성에 나중에 꽃을 많이 심어야겠군."

위드가 만든 명작의 효과로, 모라타에서는 야생화 축제가 열린 적이 있다. 물론 꽃이란 있는 그대로 보는 것도 좋지만, 내버려 두면 잡초나 나무덩굴이 자라서 엉망이 되어 버리기도 한다.

사람의 손길이 가해지면 식물들이 제자리를 잡으면서 더욱 아름다워질 수가 있다.

위드의 손재주 스킬이나 예술 스탯은 경이로운 수준이었고, 조각술을 통해서 갈고닦은 감각으로 씨앗부터 가꾼다면 멋진 모습의 꽃과 나무를 키워 낼 수 있으리라.

"나에게 꽃꽂이를 배운 기념으로 선물을 주지."

―정원사 젠킨스로부터 흰사랑초를 선물받았습니다.

정원사는 위드와 서윤에게 하얀 꽃잎들이 붙어 있는 꽃을 건네주었다.

"첫 번째 꽃꽂이인가."

위드에게 화병을 만들거나 화분을 제작하는 정도는 식은 죽 먹기였다.

"하지만 모험 중에 꽃을 가꾸기도 어려우니, 잠깐만 그대로 있어 봐."

위드는 흰 꽃을 서윤의 머리카락 사이에 꽂았다. 딱히 큰

이유는 없었지만 괜히 해 보고 싶었던 것이다.

서윤은 위드가 흰 꽃을 꽂은 부위를 손으로 살며시 만져 보더니, 창피한 듯 살짝 어색하게 미소를 지었다.

띠링!

> -꽃꽂이 스킬의 레벨이 초급 2레벨로 상승하셨습니다. 꽃과 나무 들이 더욱 싱싱해집니다. 자라나는 속도가 빨라집니다.

> -자연과의 친화력이 2 증가합니다.

> -명성이 25 늘었습니다.

정원사가 준 꽃은 정말 잘 키운 상등급 품종이었다. 게다가 위드의 예술 스탯과 손재주가 어느 정도 개입하면서 단숨에 스킬의 레벨이 증가했다.

꽃과 서윤이 더없이 잘 어울리는 것도 숙련도를 듬뿍 받은 이유였.

흰 꽃까지 머리에 꽂고 있으니 서윤은 정말 예쁘고 사랑스러운 느낌을 풍기고 있었던 것이다.

서윤도 위드의 귀 옆에 마찬가지로 꽃을 꽂아 주었다.

그녀에게도 메시지 창이 떴다.

> -꽃꽂이 스킬의 숙련도가 약간 증가하였습니다.

위드의 머리카락에 꽂힌 흰 꽃은 눈에 띌 정도로 빠르게 시들어 갔다.

마치 보이지 않는 어떤 것이 자양분을 쭉쭉 뽑아 가는 것처럼 느껴질 정도!

"꽃이 안 좋았던 것 같군."

위드는 그렇게 생각했다. 설혹 사실이 아니더라도 그렇게 믿고 싶은 심정이었다.

파비안느를 찾기 위하여 두 번째 집도 두들겨 봤지만, 그곳에서는 어린아이들이 부모가 돌아오기만을 기다리고 있었다.

"시장에 꽃을 팔기 위해서 나갔어요. 우리 엄마는 세라보그 성 근처에 예쁜 꽃들이 피어 있는 장소를 아주 잘 알지요."

"나쁜 고블린들이 자주 나타나서 요즘 꽃을 따 오는 일이 어려워요. 그들을 해치워 버리면 좋을 텐데……. 저희에게는 중요한 일이지만 모험가님이 하시기에는 너무 쉬운 일 같아요. 고블린을 해치우고 오셔도 마땅히 드릴 만한 물건이 없으니 다른 분에게 부탁을 해야겠죠."

위드가 쌓은 명성이 너무 거대해서 어린아이들이 의뢰를 맡기기 어려워하는 모습이었다.

서운도 명성과 레벨이 높아서 일부러 의뢰를 수행하겠다고 나서지 않는 이상 의뢰를 받을 필요는 없었다.

그리고 세 번째의 집!

얼굴에 주름이 깊은 할머니가 창가에서 노란 꽃을 보고 있

었다.

"혹시 파비안느 님이십니까?"

"젊은 청년이 날 찾아오다니, 무슨 일 때문이지요?"

"이베인 왕비님에 대해 듣고 싶어서 왔습니다."

"길거리에서 할 이야기는 아니랍니다. 집 안으로 들어오세요."

문이 열리자 위드와 서윤은 그녀의 집 안으로 들어갔다.

"일단 이거라도 들면서 뭐든 물어보세요. 젊을 때는 끼니를 걸러서는 안 된답니다."

파비안느가 내준 음식은 찐 감자!

세라보그 성에서 의뢰를 하다 보니 이래저래 먹을 복은 있었다.

사실 세라보그 성에서 가장 발전한 상업 분야의 하나가 바로 음식업이었다. 오래된 전통은 없지만 레스토랑, 고깃집, 해산물 뷔페 등이 유명한 편이었다.

요리사들의 과감한 메뉴 개발로 인해 몬스터 요리 전문점까지 차려질 정도였다.

"쩝쩝, 기가 막힌 맛입니다."

"맛있게 먹어 주는 모습이 좋군요. 감자는 충분히 있으니 많이 드세요."

"싸 갈 수도 있으면 좋을 텐데 너무 무리겠죠?"

"아주 유명한 모험가라고 들은 것 같은데… 한 바구니 정도는 챙겨 드릴 수도 있답니다."
 이런 대화를 나누는 중에도 위드의 이빨은 감자 껍질을 귀신처럼 빨리 벗겨 내고 있었다.

이베인 왕비의 일기장

"이베인 왕비님이 일기를 쓰셨다는 말을 들었습니다."

"어디서 그 이야기를……. 왕비님께서 일기를 쓰셨다는 사실을 아는 사람은 몇 명 되지 않는데……. 아, 알자스 언니가 말해 주었나요?"

"그렇습니다."

"언니가 보낸 사람이군요. 그러고 보니 알자스 언니와 연락이 끊어진 지도 참 오래되었어요. 왕비님이 일기장에 무슨 이야기를 적었는지는 저도 잘 알지 못해요."

"그러면 그 일기장이 어디에 있을지도 모르시나요?"

"기억을 더듬어 봐야겠어요."

파비안느는 예전 일을 회상하듯이 잠시 눈을 감았다.

와구와구.

방 안에는 위드가 쩝쩝대며 감자를 먹는 소리만이 한가득 울려 퍼졌다.

다섯 알 정도의 감자를 먹고 났을 쯤에야 파비안느는 다시 눈을 떴다.

"오래전 일이라서 자신할 수는 없지만 왕비님이 머무르던 별의 궁전에는 일기장이 없을 거예요. 왕비님이 돌아가시기 1달쯤 전에 고향에 다녀오신다며 외출을 하셨거든요. 그 이후로 일기장을 본 적이 없어요. 아마도 어딘가에 숨겨 두지 않았을까요?"

―이베인 왕비의 일기장에 대한 정보를 습득하셨습니다.

위드는 일기장이 있을 법한 장소를 추측했다. 고향에서 자하브와 함께 놀았던 장소에 일기장을 숨겨 놓았으리라.

"그럼 편안히 계시기를."

위드는 찐 감자를 정말로 한 바구니 가득 들고 나와서 세라보그 성의 뒷산을 넘었다.

이베인 왕비가 살았던 마을로 가서 자하브와 조각품을 만들던 큰 나무 아래에 도착했다.

"아마 이곳이겠지."

모험가라면 감지 스킬을 통해서, 퀘스트와 관련이 있는 장소에서는 저릿저릿한 느낌이 온다고 한다. 위드에게는 그런

스킬이 없었으니 직접 땅을 파 보는 수밖에 없었다.

"시작해 볼까?"

삽을 꺼내서 그냥 땅을 팠다.

채광 스킬의 효과로 인하여 삽질을 할 때마다 빠르게 파헤쳐지는 땅!

1미터 정도를 깊이 파고 들어가니 나무 상자가 발견되었다.

-이베인 왕비의 상자를 발굴하셨습니다.

-명성이 265 증가합니다.

-발굴품 이베인 왕비의 상자가 모험 경력에 추가됩니다. 발굴가 길드로 가서 보고하면 약간의 보상을 받을 수 있습니다.

위드는 나무 상자를 열었다. 안에는 녹슨 열쇠 2개와 작은 손거울, 책 한 권이 들어 있었다.

-별의 궁전 열쇠를 획득하셨습니다.

-비밀의 방 열쇠를 획득하셨습니다.

-진실을 보여 주는 손거울을 획득하셨습니다.

-이베인 왕비의 눈물에 젖은 일기장을 획득하셨습니다.

위드는 열쇠부터 확인해 봤다.

"감정!"

> **별의 궁전 열쇠** : 내구력 2/4.
> 이베인 왕비의 궁전에 들어갈 수 있는 열쇠.
> **옵션** : 용기 +1.

현재는 닫혀 있는 이베인 왕비의 궁전의 열쇠였다. 들리는 소문으로는 폐쇄된 이후 몬스터들이 살고 있다고 했다.

"별의 궁전이 열렸다는 말을 아직 들어 본 적이 없으니 아마도 궁전을 열 수 있는 최초의 열쇠가 되겠군. 그러면 다음 물품으로… 감정!"

위드는 이번에는 비밀의 방 열쇠를 손바닥에 올려놓았다.

> **비밀의 방 열쇠** : 내구력 1/4.
> 어딘가에 있는 비밀의 방을 열 수 있는 열쇠이다.
> 별다른 점은 알려져 있지 않다.
> 손상이 심해서 여러 번 사용하기 힘들 것 같다.
> **옵션** : 4회 사용 시에 파괴됨.

"감정!"

> **진실을 보여 주는 손거울** : 내구력 14/25.
> 고귀한 보석 손거울.

특수한 재질로, 신성력이 흐르고 있다.
환영과 거짓을 파헤쳐서 진실로 향하는 길을 안내해 준다.
특정한 장소에서 사용될 수 있을 것 같다.
제한 : 살인자나 악인은 사용 불가능.
 댄서와 바드, 사제가 착용하면 아이템의 효과가 2배가 됨.
옵션 : 지식, 지혜 +7.
 매력 +23.
 마나 최대치 11% 증가.
 신앙심이 38 증가.
 특정한 장소에서 길을 안내함.

"어째 조금 심상치 않기는 한데······."

위드는 퀘스트 아이템의 냄새를 물씬 맡았다. 그리고 이제 마지막 남은 일기장을 열어서 읽었다.

매일 꾸준히 작성한 일기는 아니었다.

1달이나 2달, 필요할 때마다 적은 일기 같았다.

눈물 자국들 때문에 약간씩 보이지 않는 부분이 있었지만 읽는 데 지장은 없었다.

1월 16일
왕비보다는 자유롭게 살고 싶다.
자하브와 함께···
어릴 때처럼··· 행복○○ 시○○로······.

3월 19일
자하브가 다시 나를 만나러 올까?
그가 조각품을 만드는 광경을 지켜보던 순○들이 가장 행복했다.
어리고 순수하던 아이로 다시 돌아갈 수만 있다면 좋으련만.

4월 7일
자하브를 보고 싶다.
내 마음은 쭉 그를 따라다닐 것이다.
○○○만 아니었다면 자하브와 행○○게 ○○······.

6월 6일
로자임 왕국을 지키기 위하여 믿을 만한 사람을 모으고 있다.
우리는 죽음을 각오했다.
왕비인 나도 그들과 운명을 함께할 것이다.

9월 1일
엠비뉴 교단.
너무 서둘렀던 것 같다.
그들이 나에 대해 알아차렸다.

9월 11일

엠비뉴 교단에서 정보를 제공하는 첩자 '이올린'이 쪽지를 보내왔다.
나를 죽이기 위해 암살자가 보내졌단다.
마지막으로 자하브를 보고 싶ㅇ

9월 14일
일기장을 그와의 행복한 기억이 남은 곳에 묻는다.

―이베인 왕비의 죽음에 대한 정보를 습득하셨습니다.

다시 등장한 엠비뉴 교단의 이름!
위드는 일기장의 내용을 되새기면서 가만히 있었다. 하지만 두뇌 회전은 누렁이의 여물값을 사기 칠 때보다도 빨라졌다. 눈치까지 모두 동원했다.
'이베인 왕비와 자하브라. 이 연계 퀘스트는 엠비뉴 교단과 이어져 있을 것 같군.'
위드는 자하브를 먼저 만나고 왔다. 그때 얻었던 우호도가 이럴 때 쓰라고 있었던 게 아닐까.
'자하브와 함께 이베인 왕비의 죽음에 대한 책임을 묻기 위하여 엠비뉴 교단과 싸우는 것이다!'
북부에서도 과정이나 내용은 다르지만 엠비뉴 교단과 싸운 적이 있다.
왕비의 죽음에 대해 모두 잊어버리고 있을 무렵, 그녀를 사랑했던 한 남자, 그것도 조각사가 엠비뉴 교단에 복수를 하는 시나리오!

'그걸 나는 고기 뷔페에 가서 배고프다며 고기가 익기도 전에 김밥만 다섯 줄을 먹는 성급한 행동을 해 버린 건 아닐까.'

뒤늦게 후회가 밀려왔다.

'퀘스트가 그를 만나는 것으로 끝나는 게 아니라는 사실도 짐작을 했어야 하는데!'

이런저런 생각들은 많았지만 지금 와서 후회란 크게 의미가 없었다.

위드는 아이템을 수습해서 늙은 시녀 알자스에게로 돌아갔다.

"왕비님의 일기장! 다시 찾게 될 줄은 몰랐어요. 파비안느를 만났나요?"

"예. 만났습니다. 상업 지구 뒤쪽의 골목길에서 살고 있었습니다."

"그랬군요. 가까운 곳에 살고 있었는데도 왕성에서 나가고 난 이후로 연락을 하지 않아서 몰랐어요. 이유는, 왜인지 모르지만 왕비님을 모셨던 시녀들이 하나 둘 목숨을 잃었거든요."

띠링!

어딘가에 있는 수상한 일기장 완료
이베인 왕비의 일기장은 자하브와 행복을 키웠던 땅에 묻혀 있었다.

-명성이 17 올랐습니다.

-경험치를 아주 조금 습득하셨습니다.

위드의 레벨이 높다 보니 쉬운 난이도의 퀘스트로 얻는 경험치는 미미한 정도였다.

시녀는 일기장을 열어서 읽어 보았다.

"세상에 이런 일이……! 왕비님의 죽음에는 이런 비밀이 있었군요. 하지만 이제 너무 늦어 버린 것 같아요."

"네?"

"3달 전에만 오셨어도 좋았을 텐데… 왕실 기사인 이올린 님은 몬스터들의 습격에 의해 사망하셨답니다."

"……."

"왕비님이 너무 안타까워요. 하지만 이 일기장을 제외하면 왕비님의 억울한 죽음에 대한 증거가 전혀 없으니……. 관련된 사람도 지금은 남아 있지 않네요. 변변치 않게 왕비님을 모셨던 저와 조각사님만이 있을 뿐이니 그들에게 어떻게 복수를 해야 할지도 모르겠어요."

띠링!

―퀘스트 일기장의 전달이 발생하지 않습니다.

연계 퀘스트의 중단!
위드에게는 커다란 허전함이 몰려왔다.
'내가 너무 늦게 왔구나.'
이미 로자임 왕국에 엠비뉴 교단이 많이 퍼져 있고, 또한 관련된 사건들도 발생하고 있다. 늦게 도착한 탓에 의뢰가 중간에 사라져 버리고 만 것이다.
"그래도 모험가님이 없었다면 저처럼 늙은 것이 평생 궁금증만 품고 있었을 것이에요. 왕비님과 자하브 님은 사랑하는 사이였지만 함께 엮이지 못했고, 결국 이렇게 왕비님의 복수도 하지 못하게 되겠군요."
"……"
"차라리 잘되었는지도 몰라요. 왕비님도 자하브 님이 복수를 하기를 바라진 않으셨을 거예요. 그동안 저의 무리한 부탁을 들어주기 위해서 고생하셨습니다."

―명성이 13 증가합니다.

위드는 힘없이 늙은 시녀의 집에서 물러 나왔다.
이번에는 삶은 감자도 챙기지 못했다.

거리에서 서윤이 물었다.

"이제 모라타로 돌아갈 거예요?"

"아니. 열쇠도 얻었고 여기까지 왔으니 별의 궁전은 가 봐야지."

위드는 왕성으로 가서 열쇠로 이베인 왕비의 별의 궁전을 열었다.

이제는 로자임 왕국의 왕성에도 중간 귀족이나 사무관을 만나기 위해 유저들이 제법 들어왔다. 하지만 이미 폐쇄되어 있는 별의 궁전 근처로 오는 사람은 없었다.

던전, 별의 궁전의 최초 탐험자가 되셨습니다.
혜택 : 명성 1,700 증가.
일주일간 경험치, 아이템 드롭률 2배.
첫 번째 사냥에서 해당 몬스터에게 나올 수 있는 것 중에 가장 좋은 물건 아이템이 떨어집니다.

-별의 궁전에 들어옴으로 인해 용기가 3 증가합니다.

"실컷 사냥이나 해 보자."

별의 궁전에는 오래된 예술품들이 보물처럼 숨겨져 있었고, 금붙이들이 숨겨져 있는 방도 있었다.

던전으로는 럭셔리 그 자체!

보통 하급 몬스터들이 나오는 던전을 털어 봐야 청동 정도밖에는 얻지 못했지만, 이곳에는 보물들이 꽤 많았다.

이베인 왕비가 죽은 이후로 버려지고 알 수 없는 저주에 의해 던전이 되어 버렸다는 장소!

별의 궁전에는 원통하게 죽은 시녀, 기사, 병사의 원혼들이 가득했다.

이유는 알 수 없지만, 어디서 온 것인지 모를 흉측하게 생긴 바글이라는 몬스터도 많았다.

"상당히 위험한 던전이군."

위드와 서윤의 수준에 원혼들은 그럭저럭 상대하기가 쉬웠다. 하지만 바글이란 몬스터는 던전에서 엄청난 속도로 돌격해 와서 전투에 돌입하는데, 레벨도 400대 중반 이상일 뿐만 아니라 위험하다.

그래도 몬스터들이 한꺼번에 몰려나오지 않아서 그라페스의 던전과 비교한다면 사냥하기가 훨씬 편했다.

"콜 데스 나이트 반 호크, 콜 뱀파이어 로드 토리도!"

위드는 토리도와 반 호크를 불러서 서윤과 같이 전투를 했다.

서윤이 없을 때에는 데스 나이트와 반 호크와 함께 광휘의 검술을 쓰면서 조심스럽게 던전의 외곽에서 사냥했다.

"키에에에엑!"

광휘의 검술은 저주 계열의 몬스터들에게는 극상성을 가졌다. 스킬 숙련도가 꽤 잘 오르는 편이었지만 아직 빛의 새에서 다른 무언가가 나오지는 않았다.

하지만 강한 물리력을 가진 바글들은 상대하기가 어려웠다.

스킬을 쓰더라도 방패 치기로 밀고 들어오며 뭉툭한 대검을 휘두르는 바글!

위드는 광휘의 검술의 위력이 약해지는 낮에는 세라보그 성의 광장에서 조각품을 만들었다.

"이렇게 있으니 옛날 생각이 나는군."

추억에 빠져서 잠시 사슴과 여우, 토끼의 조각품을 만들었다.

사실 위드가 가장 많이 만든 형태였지만, 조각술의 기본기를 닦게 해 주었다고 해도 과언이 아닌 대상들이었다.

"쯧쯧, 조각품은 그렇게 만드는 게 아닙니다."

위드가 조각품을 깎고 있는데, 비슷한 또래로 보이는 한 유저가 다가와서 말했다.

"예?"

"저도 조각사인데 제가 좀 가르쳐 드릴까요?"

그 유저의 직업도 조각사!

위드가 있는 자리는 광장의 분수대로 가려면 반드시 지나쳐야 하는 좋은 위치라서, 대장장이나 재봉사는 물론이고 특히 조각사들이 많이 앉아서 영업을 했다.

다른 직업의 유저들은 관심이 별로 없겠지만, 로자임 왕국의 세라보그 성은 조각사들에게는 성지와 같은 장소!

　이곳에서 조각품을 만들어서 파는 건 조각사들의 성장법으로 게시판에 올라와서 많은 추천을 받을 정도였다.

　"제가 조각술 스킬은 초급 4레벨이지만 사슴이나 여우, 토끼, 늑대는 주 전공이라고 할 수 있습니다. 만 개도 넘게 만들었죠."

　"같은 대상을 왜 그렇게 많이 만드셨는데요?"

　"로자임 왕국의 조각사들만 아는 비밀 정보인데요, 로자임 왕국이 낳은 불세출의 영웅! 전쟁의 신이며 대조각사 위드 님이 그러셨거든요."

　위드의 눈빛에 처량함이 잔뜩 담겼다. 그리고 비로소 주변을 돌아보며 다른 조각사들을 살피니 모두 여우 등을 조각하고 있었다.

　그를 따라서 똑같이 성장하려는 안타까운 희생양들이 가득했다.

　사실 그래도 세라보그 성에서 기념품처럼 팔리고 있으니 조각사들의 주머니 사정은 많이 나아지기는 했다.

　화가들은 여전히 물감값을 대기 위하여 조각사들보다 더욱 많이 허덕여야 했다.

　"일반인들은 모르겠지만 조각술은 상상도 할 수 없을 정도로 어려운 길입니다."

위드는 고개를 끄덕였다. 사슴, 여우만 계속 만들고 있는다면 정말 밑도 끝도 없는 제자리걸음일 것이다.

"대부분 며칠 하지 못하고 포기해 버리곤 해도, 위드 님처럼 되려면 꼭 거쳐 가야 할 과정이지요."

"그래서 도시에서 기초적인 조각품들을 만들다가, 그 이후에는요?"

"나중에 조각사 1,000명이 모여서 피라미드와 스핑크스를 만들 계획도 세우고 있답니다."

위드가 잘못 선보인 노가다의 길을, 후배들이 고스란히 더 넓혀 가면서 걷고 있었다.

박진석은 정득수 회장을 만났다.

"서윤 씨가 저를 거들떠도 안 보는 것 같습니다. 너무 무관심해서 뭐라고 말을 걸 수도 없고. 무슨 좋은 방법이 없을까요?"

학교에서 집에 돌아오면 외출도 하지 않고, 다짜고짜 데이트를 신청한다고 해서 서윤이 받아 줄 리도 만무했다.

서서히 다가가는 방식을 취해야 하는데 서윤에게는 빈틈이 없었다. 오히려 박진석만 더욱 안달을 냈다.

"그러면 로열 로드를 해 보는 게 어떻겠는가?"

"로열 로드요?"

"내 딸이 로열 로드를 많이 하니 그 안에서 만나는 쪽이 편할 것 같은데. 혹시 해 본 적이 없는가?"

"저도 이미 하고 있습니다. 요즘에는 로열 로드를 하지 않는 사람이 없으니까요."

박진석은 아주 좋은 방법이라고 생각했다.

그는 로열 로드에서 사냥꾼의 직업을 가졌다.

무거운 갑옷은 입지 못해도 여러 가지 무기를 골고루 다룰 수 있으며 궁술, 함정 설치 및 해제, 힘과 체력도 비교적 좋은 다용도 직업!

"내 딸과 같이 사냥이라도 다니면 되겠군."

"정말, 그러면 쉽게 친해질 수 있겠습니다."

로열 로드야말로 커플을 많이 만들고, 또 많이 헤어지게 하는 게임.

박진석의 경우에는 서윤과 말을 트는 정도만 되어도 현재로써는 더 바랄 게 없을 것 같았다.

"그런데 내 딸아이와 자주 같이 다니는 사람이 있는데……."

"남자가 있다는 말씀 들었습니다. 하지만 서로 깊은 사이는 아닌 줄로 아는데요. 서윤 씨처럼 아름다운 사람에게 남자가 쫓아다니는 정도야 당연히 이해합니다."

"그렇지. 하지만 그 남자와 같이 로열 로드를 자주 한다는군."

"누군지 아십니까?"

"캐릭터 이름이 위드라더군."

"위드요? 정말 흔한 이름이로군요."

박진석은, 로열 로드에 널리고 널린 이름이 위드였으니 그것만으로는 별다른 도움이 되지 못한다고 생각했다.

사실 박진석도 전쟁의 신 위드의 열렬한 팬이었다. 그의 캐릭터 이름을 따라 했다는 것만으로도 경쟁자로서는 조금은 실망이었다.

"로열 로드에서는 전쟁의 신이라고 불린다던가."

"예엣?"

"무슨 몬스터도 때려잡고 하면서 꽤 유명한 모양이더군."

정득수 회장은 대수롭지 않게 여기고 단순하게 말했지만, 박진석은 위드의 모험을 모두 좋아하고 기억할 정도의 열혈 팬이었다.

로열 로드를 중계하는 방송국에서도 하루에 수십 번 이상 나오는 이름이 위드, 오크 카리취, 불사의 군단, 모라타 등이 아니던가.

박진석은 서윤이 학교에서 돌아올 때에 맞춰 대문 앞에서 기다리고 있었다.

서윤이 멀리서부터 걸어와서 대문을 열고 들어가려고 할 때, 그가 말을 걸었다.

"저기, 부탁이 있습니다."

"……."

서윤은 무시하고 대문 안으로 들어가지도 않았지만, 그에게 돌아서지도 않았다. 이미 그녀에게 접근하기 위한 의도를 알고 있었기 때문이다.

"저기, 위드 님과 같이 로열 로드에서 사냥을 하신다는 이야기를 들었습니다. 위드 님을 한 번만 만나 볼 수 있을까요?"

경쟁은 경쟁이고, 박진석은 로열 로드에서 팬으로서 위드를 꼭 한번 만나 보고 싶었다. 하지만 서윤은 안 된다는 뜻으로 고개를 저었다.

어쩌면 그가 불편해할 수도 있고, 그녀 때문에 정체가 탄로 나게 할 수는 더더욱 없었다.

"정말 어떤 사람인지, 만나 보고 잠깐 대화라도 나눠 보고 싶어서 그럽니다."

"……."

"제 캐릭터의 레벨로는 당연히 지겠지만 위드 님에게 결투를 신청해서 한 수 가르침을 얻어 보고 싶기도 하고요."

박진석은 서윤과 진지하게 사귀고 싶기도 했고, 이런 식으로 인연의 끈을 만들어 놓으면 시작이 어렵지 그 이후로는 어떻게든 더 친해질 수 있는 계기도 되지 않을까 생각했다.

복합적인 계산까지 깔려 있는 제안이었다.

결투라는 말을 듣고 나서 서윤은 조그마하게 말했다.

"로자임 왕국……."

"로자임 왕국으로 가면 됩니까?"

서윤의 예쁜 목소리를 들은 박진석은 뛸 듯이 기뻤다.

"세라보그 성의 뒷산으로 오세요."

"제가 지금 친구들과 브렌트 왕국에 있습니다. 멀지도 않군요. 최대한 빨리 가겠습니다."

"로빈아, 정말이야?"

"그렇다니까. 이제 전쟁의 신 위드를 만나러 가는 거야."

사냥꾼 로빈.

그는 친구들까지 잔뜩 끌고 세라보그 성의 뒷산으로 뛰어갔다.

전쟁의 신 위드를 만난다는 설렘!

직접 만나기는 명문 길드의 수장보다도 어려운 인물이다.

모라타에도 가 보고 싶었던 로빈과 그의 친구들이라서, 이렇게 직접 만날 수 있다는 이야기에 던전 사냥도 중단하고 곧바로 왔다.

그들이 도착했을 때에는 위드는 없고, 서윤만이 완전무장한 채로 서 있었다.

로빈이 친근하게 미소를 지으며 다가갔다.

"위드 님은 아직 안 오신 모양이죠?"

약속 시간을 정확히 정한 것도 아니니 늦는 것쯤이야 기꺼이 기다려 줄 수 있는 마음. 위드가 올 때까지 서윤과 대화라도 할 수 있다면 더욱 기쁘지 않겠는가.

하지만 서윤은, 사실 위드에게는 누군가 찾아온다는 말은 하지도 않았다.

누가 자기를 뒷산으로 불러낼 때는 반드시 그 이유에 대해서 곰곰이 생각해 봐야 하는 법!

스르르릉.

광전사 서윤의 검이 뽑혔다.

위드는 사냥을 하기 위해서 별의 궁전의 입구에서 서윤을 기다렸다.

"오늘은 조금 늦는군."

약속 시간을 대부분 정확하게 지키는 그녀였기에 많이 늦지는 않을 거라고 여기고 느긋하게 조각품을 만들었다.

야심한 밤에 던전의 입구에서 조각품을 만들지만 위드는 크게 두려움을 느끼지 못했다.

유령이 나타나더라도 단숨에 사냥을 해 버리면 되는 게 아닌가!

사박사박.

드디어 서윤이 걸어오는 발소리를 듣고 위드는 고개를 들었다.

"조금 늦었……."

그리고 서윤을 보며 간이 철렁 내려앉을 정도로 놀랐다.

서윤의 이름이 붉은색으로 표시되어 있었다. 살인자라는 뜻이다.

"어디 가서 사람 죽였어?"

끄덕끄덕.

"몇 명이나?"

"8명요."

서윤은 로빈과 그의 친구들을 단칼에 죽여 버리고 왔다.

"휴우, 많이도 죽였구나. 어떻게, 싸움이라도 났던 거야?"

"생각이 조금 달라서요."

"대화로 풀 수 없는 문제였니?"

"아……."

서윤은 무언가를 깨달았다는 듯이 나직하게 탄성을 질렀다.

"시도를 안 해 봤구나?"

"……."

말을 하게 되고 나서도 여전히 남아 있는 약간의 부작용!

서윤은 위드가 아닌 다른 사람과 의견 대립이 생기면 설득하는 대신에 그냥 전에 하던 대로 했다. 검치가 있었다면 훌륭하다고 칭찬할 만한 자세이기도 했다.

"살인자 상태를 벗어나려면 퀘스트나 기부, 혹은 나쁜 성향을 가진 몬스터들을 많이 사냥해야 하는데. 8명이나 죽였으면 살인자 상태를 벗어나기가 쉽지는 않겠군."

살인자 상태에서는 다른 유저들에 의하여 공격을 받는다. 죽음으로 받는 페널티도 훨씬 심각해지니 조심하는 수밖에 없었다.

"아무튼 사냥이나 하면서 살인자 상태를 벗어날 방법을 생각해 보자."

별의 궁전에는 다른 유저들이 찾아오지 않았으니, 들어가서 사냥을 하려고 했다.

그런데 그때, 로자임 왕국에서는 엄청난 일이 벌어지고 있었다.

엠비뉴 교단의 습격

"왕을 처형하자."

"귀족들을 모조리 죽여."

"엠비뉴 신의 뜻이다. 엠비뉴 교단을 따르지 않는 모든 이교도들을 살육하라!"

세라보그 성 주변으로 40만이 넘는 군대가 나타났다.

반란군의 등장!

인근 마을에 사는 주민도 있었으며, 왕국의 군대가 통째로 엠비뉴를 따르겠다며 전향하기도 하였다.

로자임 왕국의 깃발을 달고 세라보그 성 근처까지 와서, 파괴신 엠비뉴의 기치 아래 일어선 것이다.

세라보그 성, 그리고 로자임 왕국 전역에서 활동하는 유저들에게 메시지 창이 떴다.

띠링!

> -엠비뉴 교단이 로자임 왕국의 수도인 세라보그 성을 공격합니다.
> 세라보그 성에서 공성전이 발생하였습니다.
> 마법 방해로 인하여 텔레포트 게이트와 장거리 텔레포트를 이용하실
> 수 없습니다.

"갑자기 뭐야."

"아닌 밤중에 이게 무슨 난리야."

광장에서 장사를 하고 사냥에 같이 갈 동료를 구하던 유저들이 일어나서 성벽으로 달려갔다.

세라보그 성의 성벽 너머로, 끝이 보이지 않을 정도로 몰려온 엠비뉴 교단의 군대가 보였다.

"지금 여기서 전쟁이 벌어지는 거야?"

"이렇게 있어도 안전한 거야? 세라보그 성의 방어 상태는 어떻지?"

유저들은 세라보그 성을 보면서 불안을 감추지 못하였다.

로자임 왕국의 수도였지만 갑작스러운 공성전에 대비되어 있지는 않았다. 성문도, 엠비뉴 교단이 나타나고 나서야 다급하게 닫히고 있었다.

왕국군이 서둘러서 배치되고 있지만, 갑옷의 끈도 제대로 묶지 않고 나오는 모습이었다.

"아, 진짜. 나는 세라보그 성에 집도 마련해 놓고 있었는데."

"난 상점에서 장사도 하고 있단 말입니다!"
"로자임 왕국이 저들을 막을 수는 있을까요?"
"엠비뉴 교단을 막아 낸 왕국은 아직 없어요."
"세라보그 성이 점령당하면 우리는 어떻게 되는 거죠?"
유저들은 공황에 빠져들었다.

몬스터의 습격이라면 왕국군이 출동하는 정도만으로도 가볍게 퇴치된다. 세라보그 성까지 몬스터들이 떼를 지어 오는 일 자체가 지극히 드물기도 했다.

하지만 엠비뉴 교단이라면 이야기가 다를 수밖에 없다.

그들은 주술사, 사제, 소환술사, 흑마법사, 악신의 성기사 들을 보유하고 있다. 명령을 따르는 몬스터들과 광신도들은 성벽 너머에 잔뜩 몰려와서 끝이 안 보일 정도였다.

엠비뉴 광신도!

그들은 로자임 왕국의 일반 주민들로 이루어졌다.

엠비뉴 신을 믿으며 괴력을 발휘하는데, 레벨은 최소 200대 이상!

죽음을 전혀 두려워하지 않고, 싸워서 승리를 하고 신앙심을 키울수록 레벨이 더 빨리 올라간다고 한다.

공성전에서 큰 활약을 할 수 있는 거대 마물들도 달빛에 언뜻 모습을 드러냈다.

거기에 엠비뉴 12지파의 교주 중 아홉 번째인 벨로니도 있었다.

텔레비전에서만 봤던 그 엠비뉴 교단의 군대가 몰려온 것이다.

"엠비뉴 교단은 같은 종교를 믿는 신도 외에는 모두 적으로 간주한다는데요."

"로자임 왕국과 싸우는 게 아니라 우리도 공격하는 거예요?"

"초보자라고 해도 봐주지 않습니다. 저들은 무조건 파괴를 일삼는 무리거든요."

성벽에 있는 사람들 사이에 진한 공포감이 퍼져 나갔다.

광장과 거리에서는, 갑작스러운 공성전의 발생으로 인해서 놀란 사람들이 이리저리 뛰어다녔다.

로자임 왕국의 왕성에서도 전투준비를 갖추고 기사들과 병사들이 성벽으로 이동하고 있었다.

"투항하고 엠비뉴 교단으로 개종을 하면 살려 주지 않을까요?"

"그러면 저들 무리에 끼어서 안전할 수 있겠죠. 하지만 그건 최악의 선택입니다."

실제로 중앙 대륙 엠비뉴 교단의 점령지에서는 그런 선택을 한 유저들도 꽤 됐다.

"초반에는 엠비뉴 교단의 마법이나 주술도 공짜로 배울 수 있고, 아이템도 지급되죠. 하지만 그렇게 되면 다른 왕국에서 활동도 못 하고 악명이나 나쁜 스탯들도 생기고, 결국 엠비뉴 교단을 빠져나오지 못하고 그들의 하수인이 되어 버린다고 합니다."

죽거나 따르거나 둘 중 하나!

"그러면 우리는 이제 어떻게 해야 되나요?"

"잠깐 지켜봐야죠. 로자임 왕국의 군대가 엠비뉴 교단을 막아 낼 수도 있으니까요."

"세라보그 성이다. 특종이야!"

"그곳에 파견되어 있는 우리 쪽 사람은?"

"렌달리나라는 여성 유저입니다."

"취재원과 연결해!"

각 방송국에서도 비상이 걸렸다.

엠비뉴 교단의 로자임 왕국 수도 습격이다.

흔히 볼 수 없는 이벤트일 뿐만 아니라, 최근에 들불 번지듯이 퍼져 나가는 엠비뉴 교단이었기에 방송 관계자들도 우려 섞인 관심으로 지켜보고 있던 사안이었다.

"방송 준비되는 대로 바로 생중계 시작하고! 현재 생중계하고 있는 방송국이 있어?"

"CTS에서 20초 전에 시작했습니다."

"지난번에도 4분 늦어서 국장님에게 깨진 걸 생각하면…….

일단 준비되는 대로 바로 틀어! 영상부터 보여 주면서 나머지를 걱정하자고. 편성국 쪽에 연락하고, 다른 팀에서도 지원 가능한 인력들 다 부르도록 하고. 진행자들은 왜 이렇게 늦게 오는 거야!"

여러 방송국들이 한꺼번에 북새통을 이루었다.

중요한 프로그램을 방송하던 중이었다면 갑자기 돌릴 수 없었지만, 엠비뉴 교단에서 로자임 왕국의 수도를 침공하는 대형 사건이었으므로 대부분 생중계를 개시했다.

KMC미디어 방송국에서도 직원들이 분주하게 뛰어다니는 건 마찬가지였지만 여유가 있었다. 로열 로드를 전문적으로 방송하며 시청자들의 주목을 받은 많은 사건들을 처리한 경험이 있는 덕분이었다.

"준비 완료되었습니다."

"각 특파원들 제 위치 확실히 잡도록 하고, 영상 담당 쪽은 화면전환 잘 따라오도록 합니다. 항상 리허설이 없이 바로 생생하게 나간다는 점을 명심하고, 집중해서 바로 갑니다."

KMC미디어도 생중계를 개시했다.

방송이 나가자마자 시청자들이 모여들면서 각종 게시판들에 로자임 왕국이 화제로 떠올랐다.

"현재 세라보그 성에서 활동하고 있는 우리 쪽과 계약된 유저들은 몇 명이나 있어?"

"젠킨스, 로드를 포함해서 스물 정도요."

KMC미디어에서는 정보활동도 계속했다. 전속 계약을 맺고 활동하는 모험가나 전사, 마법사 들에 대한 정보를 수집하는 일은 꼭 필요했다.

더구나 지금은 엠비뉴 교단이 침공하는 극단적인 상황이 아니던가.

"근데……."

방송국 PD 1명이 강 부장의 앞에서 잠시 머뭇거렸다.

"무슨 일인데 생방송 중에 뜸을 들여?"

"신혜민 씨가 진행자석으로 뛰어 들어가면서 말한 게 있어서요."

"뭔데?"

"전쟁의 신 위드도 지금 세라보그 성에 있다는데요."

"그게 정말이야?"

KMC미디어의 직원들은 전쟁의 신 위드가 세라보그 성에 있어서 멋진 사건이 터지기를 기대하기보다는 불안해서 마음을 놓지 못하는 입장이었다.

위드가 무언가 큰 것을 해 주기에는, 얼핏 봐도 엠비뉴 교단의 군대가 너무나도 막강했다.

위드도 거의 실시간으로 엠비뉴 교단의 침공 사실을 전해

들었다.

　-위드 님, 세라보그 성에서 전쟁입니다!

마판이 비명을 지르듯이 귓속말을 보내왔고, 다른 동료들도 거의 연달아서 귓속말을 했다.

　-어디 계세요? 엠비뉴 교단이 세라보그 성을 공격한다는데 위드 님은 괜찮으신 거예요?

　-페일입니다. 무사하시고 별일 없으시죠? 지금 그곳으로…….

　-소식 들으셨어요? 엠비뉴 교단이…….

이 정도는 약과였다.

위드가 친구 등록을 하고 귓속말을 허용한 상대가 그리 많지는 않았기 때문이다.

사비나 : 이번엔 세라보그 성이네.

에드윈 : 엠비뉴 교단이 너무 무섭게 커 가네요.

핀 : 세라보그 성에서 막기는 어려울 것 같아요.

황야의여행자 길드의 채팅에서도 정보를 전달받았다. 그리고…….

　-막내야, 괜찮냐.

　-방금 내가 무슨 이야기를 들었는데…….

　-사제야, 네가 간 곳이 지금 위험하다고 사람들이 그러고

있다.
 -지금 뭐 하고 있는 거냐. 설마 세라보그 성에 있는 거냐?
 검치 들이 줄지어서 귓속말을 보냈다.
 위드는 크게 한숨을 쉬었다.
 "재수가 없는 놈은 뒤로 넘어져도 병원비가 나간다더니."
 세라보그 성에 돌아온 건 상당히 오랜만이었다. 그런데 하필이면 지금 이 순간 엠비뉴 교단이 침략을 할 건 뭐란 말인가.
 "지금은 지켜보는 수밖에는……. 그보다도 지금밖에 할 수 없는 일이 있었지. 이런 기회를 놓친다면 두고두고 후회할 거야."
 위드는 서둘러 광장으로 뛰어갔다.
 서윤은 살인자 상태이기 때문에 광장에서도 다른 유저들로부터 공격을 받을 수 있었지만, 같이 따라왔다.
 엠비뉴 교단이 성벽 너머에 진을 치고 있는 마당에, 서윤이 뛰어다니는 정도는 소란 축에도 못 들었다. 그래도 병사들 근처에는 다가가지 않도록 조심했다.
 "물건부터 구입을 해야겠어."
 위드는 노점상에 있는 물품들을 흥정하며 구매했다.
 "엠비뉴 교단이 밖에 있는데, 잘못하면 교역품을 다 잃어버릴 수도 있지 않습니까. 이번 기회에 싸게 파시죠."
 원가 이하의 대량 구매!
 밑천은 잡템을 팔아 챙긴, 16만 골드가 넘는 자금이었다.

위드가 하는 행동을 보며, 상인들로 들끓던 광장은 금세 땡처리 시장으로 변했다.

"무기 싸게 팝니다."

"방어구 하나 걸쳐 보세요. 엠비뉴 교단의 공격으로부터 자신의 몸을 안전하게 지켜 줄 방어구!"

"여기 잡화가 있습니다. 날이면 날마다 오는 기회가 아니에요. 한 푼도 안 남기고 팝니다."

상인들은 엠비뉴 교단에 약탈당할 바에야 한 푼이라도 더 건지겠다는 마음이었다. 유저들도 싼값에 몰려들어서 필요한 물품들을 장만했다.

백화점 할인 판매라고 해도 이 정도로 성황을 이루지는 못하리라.

광장은 물건을 사고파는 사람들로 열기가 넘쳤다.

"어, 살인자네?"

"지금 저런 사람과 싸울 시간이 어디 있어. 빨리 필요한 물건이나 구하자."

설혹 죽어서 아이템을 떨어뜨리더라도 워낙 저렴한 가격에 판매되고 있으니 유저들은 기회를 놓치지 않으려 했다.

상인들도 약탈당하거나 잃어버리기 쉬운 교역품보다는, 죽어도 비교적 덜 잃어버리는 돈으로 바꾸길 원했다.

위드는 식료품 상점들도 싹 쓸었다.

"몽땅 주세요!"

세라보그 성을 둘러싼 거대한 전투가 코앞인데 식료품 상점까지 들르는 위드의 행동이 서윤조차도 살짝 이해가 안 갔다.

이어진 위드의 다음 행동은 성벽으로 가서 사자후를 터트리는 것이었다.

"여기 땅콩, 오징어, 음료수 있습니다. 시원한 음료수! 전투를 구경하면서 까먹을 수 있는 따끈따끈한 감자와 고구마가 왔어요!"

밖에는 엠비뉴 교단이 가득 몰려와 있지만 그 긴장감에 휩쓸려 놓쳐 버리기에는 너무 아까운, 떼돈을 벌 기회!

"땅콩 두 봉지 주세요."

"이 세라보그 성이 보통 큰 곳이 아닌데 겨우 두 봉지로 될까요?"

"그럼 네 봉지 주세요."

위드는 물품을 내주면서 돈을 받았다.

식료품 가게의 견과류나 간식거리를 싹쓸이해서 바로 몇 배나 되는 이득을 얻었다.

"천생 나는 상인 체질이기는 한데."

목돈을 만지면서 돈을 버는 기쁨은 상인이 최고였다.

장사를 하며 손님에게 바가지를 씌우는 이 마력과도 같은 재미!

우물우물.

"언제쯤 공격을 하려는 거야."

"엠비뉴 교단도 참 굉장하기는 하다. 어떻게 저렇게 많은 병력을 모아 온 거야?"

"진짜 멋진 전투가 벌어질 것 같네."

세라보그 성의 유저들은 성벽이나 상점의 지붕에 앉아 간식거리를 먹으면서 전투가 벌어지기를 기다렸다.

유저들 중에는 구경을 택한 쪽도 있었고, 로자임 왕국에 속해서 같이 싸우는 사람들도 부지기수였다.

세라보그 성의 철통같은 수비
엠비뉴 교단에 맞서 싸우자.
로자임 왕국을 위하여 나선다면 명예와 영광이 함께할 것이다.
보상 : 전투의 공적에 따라서 보상이 이루어짐.
왕국 병사의 직업을 얻을 수 있음.
퀘스트 제한 : 로자임 왕국이 사라지면 보상이 불가능해진다.

엠비뉴 교단은 무차별 약탈, 살육, 방화를 저지르기 때문에 지키기 위한 전투에 참여한 유저들은 굉장히 많았다.

위드에게도 퀘스트가 발생했다.

"이건 거부해야 되겠군."

그가 동참하기로만 한다면 너무도 대단한 명성 탓에 로자임 왕국군의 사기가 치솟을 정도였다. 성문 경비대장이나 수비군의 중요한 간부 정도라도 손쉽게 맡을 수가 있다.

백부장이나 천부장으로 병사들을 지휘하면서 엠비뉴 교단과 전투를 벌이며 펼칠 수 있을 대활약!

위드가 보기에는 세라보그 성을 지키는 병사들은 많아야 2만 정도였다.

반면 엠비뉴 교단의 군대는 40만이 넘는 광신도와 몬스터 병사 들로 구성되었다. 게다가 엠비뉴의 사제, 저주술사, 흑마법사, 성기사 들은 악신의 힘에 따라서 몬스터들을 부릴 수 있다.

"버티기가 상당히 어렵겠군."

성벽에 의존해서 전공은 상당히 세울 수 있겠지만 결국은 장렬하게 전사!

위드가 조각 변신술로 리치가 되어 바르칸의 아이템들을 사용한다면 큰 전력이 되겠지만, 부작용 때문에 함부로 나서기가 어려운 처지였다.

그리고 엠비뉴 교단도 통곡의 강에서의 사건으로 벼르고 있을 터!

"죽고 나서 영웅이 되느니, 등 따뜻하고 배불리 사는 편이 낫지."

로자임 왕국을 지키는 퀘스트를 받아들인 후에는 상황이

불리하다고 해서 도주하면 벗어나기 어려운 불명예를 얻게 된다.

위드나 서윤, 그리고 전투에 참여하지 않기로 한 많은 유저들은 일단 지켜보자는 입장이었다.

위드의 얼굴에는 수심이 가득했다.

"로자임 왕국이 이겨야 될 텐데……."

얼굴이 심각해지다가도 금세 밝아지기를 반복!

"어쨌든 돈은 벌었으니까."

호주머니의 사정을 떠올리면 기뻤지만 낙관적이지는 않은 상황이었다.

세라보그 성에 갇혀 있는 유저들이나, 로자임 왕국과 관련이 있는 유저들은 지금 모두 초조했다.

"불이다!"

그때 멀리 보이는 산의 정상 부근이 환하게 타오르기 시작했다.

세라보그 성의 위기를 로자임 왕국 전체에 알리면서 구원병을 청하는 봉화였다.

피라미드와 스핑크스 너머까지 밀집한 엠비뉴 교단의 군대가 공성 병기를 이끌고 점점 성으로 다가왔다.

거칠고 커다란 고함을 지르며, 몬스터로 조직된 병사들이 무기들을 부딪쳐서 소리를 냈다.

"완전 대박이다."

"공포 영화를 보는 것보다도 더 긴장되네."

로자임 왕국에서는 말을 탄 기사들이 성벽 위를 위험하게 달리면서 병사들과 검을 부딪치며 격려했다.

"국왕 폐하를 위하여!"

"자리를 지켜라. 하루만 버텨 내면 된다. 왕국의 각 지역에서 구원군이 올 것이다."

가슴이 뜨거워지는 장관이라고 할 수 있는 광경이었지만, 그만큼 두렵기도 했다.

"온다."

"이제 시작이다."

유저들은 침을 꿀꺽 삼켰다.

마침내 엠비뉴 교단의 공성 병기들이 성벽을 향하여 거대한 돌과 쇠뇌를 발사했다. 마물과 광신도, 엠비뉴 병사 들도 세라보그 성을 향하여 돌격했다.

세라보그 성과 엠비뉴 교단의 전투가 시작되었다.

"쏴라!"

"적들을 향하여 전부 쏴라. 모두 죽여라!"

로자임 왕국의 궁수와 석궁 부대가 화살을 쏘며 활약했다. 하지만 엠비뉴 교단의 마법사들이 발휘하는 마법들이 성벽을 강타하기도 했다.

"집중 공격해라."

로자임 왕국군들은 몬스터 병사와 인간 병사 들보다는, 거대한 뿔을 달고 돌진하는 마물들을 더 큰 위협으로 여기고 불화살과 은화살을 집중시켰다.

—그오오오!

마물들이 육중한 몸으로 성큼성큼 걸어올 때마다 세라보그 성의 성벽에서 궁수들이 쏘아 대는 화살들이 불과 마법을 달고 와서 박혔다.

심하게 공격을 당한 거대 마물들은 앞발을 높이 들며 균형을 잃고 옆으로 쓰러졌다.

20미터가 넘는 마물들이 쓰러지면서 엠비뉴 교단의 병사들을 깔아뭉개는 등의 소란이 벌어졌다.

"엠비뉴 신을 위하여 희생하는 영광을!"

"적들을 죽이고, 스스로 죽자."

광신도와 몬스터 병사 들이 성벽으로 새까맣게 몰려들었다.

"버텨라!"

"싸울 수 있다."

엠비뉴의 광신도와 몬스터 들이 사다리를 설치하거나 나무덩굴을 걸쳐서 성벽을 타고 올라왔다.

세라보그 성의 병사들이 있는 성벽으로는 냉기의 바람, 흙의 소용돌이 등의 마법 공격도 날아왔다.

로자임 왕국의 왕실 마법사들도 참전했다.

"끝없는 불의 강!"

마법사들의 손이 가리키는 방향으로 땅이 갈라지더니 불

길이 확 솟구쳤다.

그때 하늘에서는 괴성이 들리며 엠비뉴 교단의 와이번 라이더들도 출현했다.

와삼이 들처럼 위드가 조각한 생명체가 아닌, 진짜 빠르고 교활하며 잔인하기 짝이 없는 와이번.

구름 아래로 내려오며 와이번 라이더들이 창을 던지고 검을 휘두르면서 마법사들과 병사들을 공격했다.

로열 로드가 아니라면, 꿈에서나 벌어질 법한 전투가 진행되었다.

세라보그 성의 유저들은 거대한 전투를 가까운 곳에서 볼 수 있다고 좋아하는 기분도 조금 있었지만, 지금은 그 장엄함에 저절로 몸에 힘이 들어갔다.

엠비뉴 교단의 마물들의 공세는 갈수록 거세졌다.

3미터가 넘는 뿔을 좌우로 흔들며 달려온 거대 마물들이 성벽과 성문에 충돌했다.

어떤 몬스터 병사들은 거미처럼 벽을 타고 올라왔다.

엠비뉴 교단의 광신도들이 검과 창 같은 무기 외에도 곡괭이와 식칼을 쥐고 해일처럼 밀려왔다.

흑마법사들에 의하여 하늘에서는 불덩어리들이 쏟아지면서 성벽 위를 아비규환으로 만들었다.

전투를 구경하고 있던 위드가 슬그머니 뒤로 물러났다.
"성벽이 오래 버티지는 못할 것 같군."
세라보그 성은 로자임 왕국의 수도인 만큼 매우 큰 곳이었다.

기사들과 병사들이 항전하고 있었지만, 밀려드는 엠비뉴 교단이 너무나 무시무시했다. 군데군데 화광이 치솟고 있었으며, 성벽이 굉음을 내면서 무너지기도 했다.

이곳에서 전투를 벌이는 엠비뉴 교단이 로자임 왕국의 모든 군대와 싸워서 이길 정도는 아니다.

로자임 왕국에서는 브렌트 왕국의 국경이나 영토 내에서 몬스터들이 많이 출몰하는 지역에 요새와 주둔지를 지어 놓고 군대를 배치해 놓았다.

하지만 세라보그 성의 수비병, 왕성의 기사들만으로는 엠비뉴 교단의 기습을 막지 못하는 모습이었다.

"이대로 세라보그 성과 왕성이 몰락하게 된다면……."
로자임 왕국의 전체 치안도 무너지게 된다.

엠비뉴 교단이 곳곳에서 창궐하게 되면서 왕국은 멸망의 길로 접어들게 될 가능성이 높았다.

중앙 대륙의 몇몇 지역처럼 로자임 왕국 전체가 몬스터로 들끓는 사냥터가 되며, 엠비뉴 교단을 물리치라는 퀘스트가 마구 발생하게 될 것이다.

의적이나 왕자의 보호, 저항군의 집결 등 로열 로드에서 유명한 난이도 높은 의뢰들이 생기는데, 성공해서 엠비뉴 교단을 물리친 왕국은 없다.

그보다는 유저들이 떠나 버림으로써 몰락하게 되는 게 대부분이었다.

"이렇게 되면 일단 늦기 전에 빠져나가야 하는데."

위드는 눈동자를 굴렸다.

성의 외부에는 엠비뉴 교단의 군대가 있으며 하늘에도 와이번 라이더들이 수백 기나 활약했다. 살기 위해서는 성을 빠져나가야 했지만, 혈로를 뚫을 수밖에 없다.

위드가 보니 벌써 몇몇 길드나 친목이 있는 사람들끼리는 뭉쳐서 기회를 봐서 밖으로 뛰쳐나갈 태도였다.

"함께 나가실 분 구합니다. 전사들을 우대합니다."

"말을 탈 줄 아시는 분으로. 말을 타고 남쪽 성문을 통해서 피할 계획입니다. 동행하실 분 찾습니다. 레벨 300대 이상 우대!"

"상인을 보호해 주실 분 있나요? 무사히 내보내 주시면 보호비로 2,000골드를 드릴게요. 마차도 다 포기합니다. 몸만이라도 살려 주실 분!"

광장이나 거리나, 피난을 생각하는 유저들로 인해 엉망진창이었다.

NPC로 이루어진 일반 주민들 또한 살기 위하여 도주를 계획하였다.
　엠비뉴 교단은 무차별 학살을 하기 때문에 주민들이 죽고 나면 로자임 왕국은 돌이킬 수 없는 피해를 입게 되는 셈이다. 수많은 퀘스트들이 사라지며, 기술들이 실전되고, 생산품이 감소하는 등의 막대한 경제적인 손실을 입는 것이다.
　엠비뉴 교단의 출현은 가히 진짜 재앙이라고 해도 과언이 아닌 수준이었다.
　"이렇게 된 이상 우리도 피해야겠다."
　"그래요."
　위드는 서윤과 같이 가능한 큰 세력의 틈에 끼기로 했다.
　"저기, 전사 두 사람을……."
　"여긴 사람 꽉 찼어요."
　"두 사람 자리가 있을까요?"
　"저희는 모르는 사람은 안 받아요."
　여기서도 텃세가 심했다.
　고레벨 유저들이 뭉친 집단일수록 그들끼리만 먹고살려고 했다. 원하면 돈을 내고 들어가야 했고, 또 친한 사이가 아니라면 막상 위급한 순간이 되었을 때 버려두고 갈지도 모를 일.
　"자기 몫은 할 줄 아는 전사 2명입니다."
　"어, 아까 땅콩을 바가지 씌워서 팔던 상인이다."
　"……."

이러나저러나 위드와 서윤이 들어갈 세력을 구하기는 힘들었다.

서윤은 살인자 상태이기도 하였기에 더욱 바늘구멍 통과하기였다.

위드도 토둠에서 사냥을 한 대가로 살인자 상태가 되었던 적이 있지만, 심한 경우에는 병사들의 공격도 받을 수 있어서 마음껏 돌아다니기가 어려웠다.

각 세력과 길드의 수장들끼리는 모여서 회동을 가졌다.

"얼마 후면 성벽이 파괴될 테고 성문도 뚫리겠지요. 로자임 왕국군이 싸우고 있을 때 한꺼번에 몰려 나갑시다."

"서로 다른 방향으로……. 우린 동쪽으로 갑니다."

"그러면 우리는 서쪽으로 가지요."

"우린 남쪽으로. 세라보그 성을 점령하기 바쁠 테니 포위망만 돌파하면 더는 쫓아오지 않겠지요."

각 세력끼리는 도주할 시간과 방향까지 맞췄다. 하지만 위드와 서윤을 포함하여 8할이 넘는 인원은 눈치만 살폈다.

"어느 쪽을 따라갈까?"

"난 동쪽으로 갈래. 저쪽에 칼레스 님이 있으니까 생존 확률이 제일 높을 거야."

"나는 남문으로. 몬스터들이 비교적 덜 모여 있는 것 같으니까."

초보자들은 이래저래 버림받은 대상이었지만, 어쩔 수 없이 도피 행렬에 끼기로 했다.
 각 세력을 따라서 세라보그 성을 나가게 되면 어떤 보호도 받지 못한다. 오히려 몬스터들의 먹이로 던져지게 될 가능성이 높지만, 초보자들이 선택할 방법이란 많지 않았다.
 "에휴, 우린 따라갈 능력도 없으니 할 수 없네."
 "레벨 100도 안 되는 우리는 엠비뉴 교단이 들어오면 싸우다가 죽기나 하자."
 초보자들은 자포자기해서 광장에 주저앉았다.
 각 세력은 사람들을 몰고 각자 도주하기 유리한 방향으로 흩어졌다.
 위드는 깊은 고민에 잠겼다.
 '안 돼. 이러면 안 되는데…….'
 그가 정체를 밝힌다면 어떤 세력에서도 받아 주지 않을 리가 없다.
 뒤에서 비겁하다고 욕이야 조금 먹겠지만, 그 정도쯤이야 살다 보면 감수하고 넘어가야 할 부분이다.
 약자들을 구하기 위한 희생!
 어떤 재난 영화를 보더라도 몇몇 영웅들로 인해 다수가 살아남는 감동적인 스토리가 꼭 있다. 하지만 위드는 영웅이 되기보다는 마지막에 살아남는 대다수 중의 1명이 되고 싶었다.

헌신과 희생 같은 감정들이야말로 먹고사는 데 커다란 지장을 주지 않던가 말이다.

"한순간의 유혹에 빠져들면 안 돼. 절대 빠져들면 안 되지."

위드의 눈앞에 주저앉아 있는 많은 사람들이 보였다.

로자임 왕국의 수도인 만큼 초보자의 비율이 높았다. 젊은 이들도 있지만 집안의 가장인 어른들도 많았고, 심지어는 노인들도 계시다.

'내가 외면한다면 저들은 대부분 다 죽겠지.'

위드는 눈을 질끈 감았다.

'비겁한 선택을 하자. 어차피 내가 힘들 때도 도움의 손길을 내밀어 준 사람은 별로 없었어.'

세라보그 성 탈출 작전

"그래, 인생 여러 번 사는 건 아니잖아. 치사하고 야비하다고 비난을 받더라도, 그까짓 것 아무것도 아니니까!"

위드는 결론을 내렸다.

서윤과 단둘이 빠져나가는 쪽을 택했다.

그때, 세라보그 성에서 꽃 가게를 하는 셀리나는 주민이 그에게로 다가왔다.

"저기요, 저희를 좀 구해 주세요. 꼭 부탁드립니다."

"저한테는 그런 능력이······."

"꽃과 나무 들이 말해 주었어요. 당신은 우리를 구해 줄 수 있다고요."

띠링!

주민들의 대피

셀리나는 식물들로부터 당신이 그동안 많은 업적을 쌓아 왔다는 사실을 들었다.

어려운 일이지만 엠비뉴 교단에 맞서 주민들을 지켜 줄 사람은 당신밖에 없을 것 같다.

세라보그 성에서 가장 많은 모험을 한 사람만이 이런 위급 상황에서 주민들을 구해 줄 수 있을 것이다.

난이도 : A

보상 : 셀리나의 꽃팔찌.

퀘스트 제한 : 주민들이 사망할 때마다 명성 감소.
　　　　　　　퀘스트를 거부할 경우 극히 나쁜 악평이 퍼지게 됨.
　　　　　　　로자임 왕국에서 향후 퀘스트 수행 불가능.
　　　　　　　퀘스트를 받아들이는 것만으로도 평판이 좋아짐.

시도 때도 없이 받는 퀘스트.

사람들만이 아니라 꽃과 나무 들까지 전해 줄 정도의 명성과 퀘스트의 업적!

"크흠, 어려운 일 같기는 한데……."

위드는 슬쩍 셀리나가 착용하고 있는 꽃팔찌를 곁눈질로 봤다.

셀리나의 꽃팔찌는 말 그대로 꽃을 엮어서 만든 팔찌였다.

어린아이들이 장난처럼 만든 꽃 같았지만, 위드가 자세히 보니 보통 아이템이 아니었다.

하이 엘프들의 숲에만 있다는 고귀한 꽃들.

특수한 힘을 가지고 있다는 식물들이 뽑혀서도 시들거나 죽지 않고 셀리나의 팔에서 살아 있었다.

'저런 종류의 아이템의 이야기를 들은 적이 있어. 하이 엘프가 차고 있던 경우가 있었지.'

하이 엘프의 마을에 방문한 모험가가 상점에서 구경했다는 팔찌!

가격이 어마어마했지만 정령과 자연의 힘이 푸짐하게 깃들여 있다고 한다.

이미 착용하고 있는 바하란의 팔찌에 이어 셀리나의 꽃팔찌까지 착용한다면, 팔찌 계열에는 더 이상 바랄 게 없었다.

위드는 말을 이었다.

"그렇지 않아도 주민들을 구하기 위해서 부족한 힘이나마 최선을 다할 생각이었습니다. 제가 가지고 있는 능력으로 될지 모르겠습니다. 아무튼 최선을 다하겠습니다."

-퀘스트를 수락하셨습니다.

-로자임 왕국 주민들이 당신을 대하는 평판이 '구원자'로 바뀌었습니다.

덜컥 퀘스트는 받았지만, 엠비뉴 교단의 침공에 맞서서 위드가 데리고 나갈 수 있는 주민은 몇 명 되지도 않았다.

성문을 넘어서 안전한 장소까지, 과연 몇 사람이나 구할 수 있겠는가.

위드가 있는 세라보그 성의 광장에는 몇만에 달하는 초보 유저들이 의욕을 잃고 앉아 있었다.

레벨이 얼마 안 되면, 이런 큰 전투에서는 무력감을 느끼며 아무것도 못 한다고 생각하기 쉽다. 사슴 1마리가 그냥 저 멀리 보이는 사과나무를 향해 뛰어가더라도, 괜히 겁에 질려서 수풀 사이로 몸을 내던지는 게 초보자들이었으니까!

그리고 가족 중에 초보자가 있어서 아직 떠나지 않은 유저도 몇 명 있었고, 피난을 위한 준비가 미처 되지 못했거나 동료들을 만나지 못하고 헤매는 사람도 보였다.

주민들만이 아니라 유저들도 막막한 건 마찬가지였다.

약 200명이 넘는 고레벨 유저들이 양심의 가책 때문에 도망치지 않고 싸우기로 결정하고 남아 있었다.

성벽에서 들리는 전투의 소란스러움을 감안한다면 시간이 얼마 없다.

위드는 스킬을 취소했다.

"조각 변신술 해제."

조각 변신술로 바꾼 외모가 원래대로 다시 돌아왔다. 하지만 일반적인 모습으로 이들을 안전하게 이끌기는 무리다.

"빨리 만들어야 되겠군."

위드는 조각칼을 꺼내서 근처의 장식용 동상으로 다가갔다.

원래는 커다란 장식용 드래곤의 동상이었다.

사각사각!

위드의 조각칼이 움직일 때마다 돌이 깎여 나가고 드러나는 모습은 어린아이는 물론, 성인 남녀까지도 울려 버린다는 그 존재였다.

각 방송국에서는 세라보그 성의 성벽과 엠비뉴 교단의 공격을 위주로 중계를 하고 있었다.

"놀랍습니다. 이대로라면 엠비뉴 교단이 세라보그 성을 함락시키기란 시간문제일 것 같습니다."

"로자임 왕국에서도 엠비뉴 교단의 세력이 이렇게 퍼져 나간다면 앞으로 큰 우환거리가 아닐 수 없겠는데요."

"특히 중앙 대륙에서는 엠비뉴 교단의 피해를 거의 받지 않은 하벤 왕국으로 유저들이 많이 몰리고 있습니다."

"파이어 스톤 레인 마법이 다시 발휘되었습니다! 성벽과 근처의 주택들에 화염이 퍼져 불타고 있습니다."

진행자들은 엠비뉴 교단의 확장에 대한 우려와 현재 사용되는 마법 그리고 엠비뉴 쪽의 몬스터들의 종족과 레벨, 공격 방식 등을 설명해 주고 있었다.

그러다 NKS라는 방송국에서는 광장에서 포기와 비탄에 빠져 있는 유저들을 보여 주기 위해서 영상을 이동시켰다.

"세라보그 성이 무너지게 되면 죽음을 당하기 때문에 도주 계획을 세워야 하는데요, 초보자들에게는 너무나도 가혹한 일이 아닐 수 없습니다."

"여기 이렇게 희망도 없이 광장에 모여 있는 사람들의 경우에는 대부분이 다 목숨을 잃게 될 수밖에 없습니다."

진행자들이 말을 하면서 살펴보니, 불과 몇 분 전까지만 하더라도 맥없이 늘어져 있던 그 사람들이 아니었다.

몇만 명이 한 곳을 쳐다보면서 일어나 있었던 것이다.

"저게 뭐지요?"

"무언가를 만드는 것 같습니다. 조각술을 펼치고 있네요."

한 남자가 조각을 하고 있었다.

장식용 드래곤의 형상이 점차 무언가로 바뀌어 가고 있다.

조각칼을 놀리는 솜씨는, 일찍이 본 적이 없을 정도로 정교하고 과감했다.

"조각사다!"

"설마… 아니겠지?"

"그가 맞을 리가 없어. 그래도 이곳은 그의 고향이니까."

유저들이 기대하고 있는 사람은 전쟁의 신 위드였다.

위드가 조각품을 만드니 주변에서 하나 둘 관심을 갖더니

나중에는 피난을 가는 것도 잊고 모두 구경했다.

사각사각.

위드가 만들고 있는 조각품은 아름다움과는 거리가 멀었다.

사람들은 위드가 멋진 조각품만을 만들지는 않는다고 알고 있었기 때문에, 오히려 설마 하면서 기대를 품었다.

"보통으로는 어려워. 전투로 확실히 부각을 시켜야 한다. 집요하고 끈질겨야지. 이런 큰 전투에서는 마지막까지 살아남을 수 있는 체력과 생명력이 필요해."

고르고 고른 조각품의 대상은 트롤이었다. 그것도 아이스 트롤.

오크보다도 2배쯤은 몸집이 크고, 그에 비해서 팔이 아주 길었으며 날렵한 근육이 붙어 있다. 하지만 배는 아주 볼록하게 튀어나와 있었다.

"힘은 배에서 나오는 거니까!"

하체도 두껍고 북극곰처럼 탄탄했다.

조각품으로 특정 종족을 표현할 때에는 외모나 몸매를 조금 더 부각시킬 수 있다. 수컷 오크 워리어들마저도 질리게 만들었던 위드의 조각술 실력이 트롤을 통해서 다시금 발휘되었다.

"안 돼. 얼굴이 너무 순하디순한 염소 같은데. 이러면 싸우면서 아무도 겁을 먹지 않잖아."

위드는 아이스 트롤의 얼굴이 썩 마음에 들지 않았다.

눈두덩은 움푹 파여 있었으며 상대적으로 광대뼈는 튀어나왔다. 커다란 머리에, 이빨은 악어를 연상시킬 정도였다. 얼굴 면적이 넓다 보니 칼자국도 이마와 턱에 기본으로 6개씩 새겨 놨다.

오크 카리취가 전국의 불량배 중에서 최고로 꼽힐 정도로 무서운 외모였다면, 이건 그 흉악한 오크 카리취의 도시락을 뺏어 먹을 정도의 외모!

"우에에엥!"

"어흐흐흐흑."

모여 있던 세라보그 성 주민들 중에서 어린아이들과 여성들이 조각품을 보고 울음을 터트렸다.

조각술이 발전하면서, 트롤은 정말 살아 있는 것처럼 생동감이 넘쳤다.

"빠르게 만드느라 더 제대로 하지 못한 게 너무나도 아쉽군."

마음 같았으면 이마도 울퉁불퉁하게 하고 턱은 툭 튀어나와서 두 갈래로 갈라지게, 또 귀도 정상적으로 만들지 않았을 것이다.

"혓바닥은 끝에서 세 가닥으로 갈라져서 날름날름하면 더 좋지."

이미 아이스 트롤 종족 전체를 통틀어서 가장 험악한 인상이었지만, 그 이상의 더 높은 경지를 노리는 위드였다.

-만드신 조각품의 이름을 정해 주십시오.

"싸움에 굶주린 아이스 트롤."

어쩌면 미치도록 싸워야 될지 모르기에 그러한 이름을 지었다.

-싸움에 굶주린 아이스 트롤이 맞습니까?

"그래. 어디 죽을 때까지 싸워 보자."

싸움에 굶주린 아이스 트롤상을 완성하셨습니다!
다른 조각사가 만든 작품을 부수고 재해석한 작품.
드래곤이 아이스 트롤이 되었다.
원래 완성되어 있던 작품도 썩 나쁘지 않았는데, 대가의 경지에 오른 조각사가 손을 보았다.
하지만 원래대로 놔두는 편이 나았을 것 같다.
예술적 가치 : 3.
특수 옵션 : 싸움에 굶주린 아이스 트롤 조각상을 바라본 이들은 생명력과 마나 회복 속도가 하루 동안 8% 증가한다.
부상을 입었을 때 치료 속도가 7% 상승.
지력, 지혜 25 하락.
매력이 사라짐.
힘 41 증가.
민첩 5 증가.

- 조각술 스킬의 숙련도가 향상되었습니다.

- 괴물 몬스터의 조각으로 명성이 16 올랐습니다.

- 원래 만들어져 있던 조각품을 무례하게 부수었기 때문에 명성이 143 감소합니다.

- 기품과 예술 스탯이 1씩 줄어듭니다.

 남들이 뭐라 하든 위드는 괜찮았다.
 "예술은 자기만족이 중요한 거지."
 그렇게 완성된 조각품을 세라보그 성의 광장에 있는 사람들과, 방송국의 중계를 통해 많은 사람들이 지켜보고 있었다.
 성벽 부근에서는 소란스러움이 이루 말할 수 없을 정도이고, 각 세력은 탈출을 위한 준비를 하고 있다. 그렇게 정신없는 와중에 위드는 넓은 재봉용 원단으로 몸을 가리고 스킬을 시전했다.
 "조각 변신술!"

- 조각 변신술을 사용합니다.
 조각술에 대한 무한한 애정은 그 조각품과 조각사를 서로 닮게 만든다!

 위드의 몸이 점점 커지고 배는 볼록하게 튀어나왔다.

피부는 완전한 흰색이었는데, 고결하거나 깔끔한 느낌보다는 험악한 인상 때문에 더 무서운 노릇!

―몸의 형태가 바뀌면서 크기가 맞지 않아서 착용하고 있는 장비들의 상당수가 쓸 수 없게 되었습니다.
강철로 된 중갑옷을 입을 수 있습니다.
종족이나 형태에 따라 필요한 장비를 새로 구하십시오.

―조각 변신술의 영향으로 힘과 생명력이 크게 늘어납니다.
생명력의 회복 속도가 종족의 특성에 따라서 증가합니다.
지식과 지혜가 의미가 없는 수준으로 감소합니다. 전투와 관련된 스킬도 실패할 확률이 매우 높아집니다.
지식, 지혜, 예술, 신앙, 매력, 기품이 모두 크게 하락합니다.
조각 변신술이 풀릴 때까지 유효합니다.
자연과의 친화력이 적용되어 아이스 트롤이 뿜어내는 냉기의 속성이 강화됩니다. +239%.

위드는 달라진 몸 상태가 마음에 들었다.
"이 넘쳐 나는 힘으로 싸우는 것만 남았군. 스탯 창!"

캐릭터 이름 : 위드	**성향** : 몬스터
레벨 : 406	**종족** : 아이스 트롤
생명력 : 376,271	**마나** : 1,650
힘 : 1,428	**민첩** : 1,395
체력 : 1,684	**지혜** : 15

지력 : 11		투지 : 719
지구력 : 662		인내력 : 959
예술 : 70		카리스마 : 462
통솔력 : 751		행운 : 3
신앙 : 5		매력 : 8
맷집 : 881		기품 : 6
정신력 : 152		용기 : 170

*아이스 트롤의 종족 특성이 발휘되고 있습니다.
생명력과 체력이 빠르게 회복되고, 몸에서 냉기를 뿜어냅니다.
그에 따라서 원래 익히고 있던 다른 스킬들의 숙련도는 최대 초급 8 레벨로 조정됩니다.

너무나도 극단적인 몸 상태!

스탯이야 레벨이 오를 때마다 일정 부분 증가하고, 여러 가지 업적들로 더 늘릴 수 있다. 위드는 전투와 조각술, 퀘스트로 스탯을 대단히 많이 올려놓은 편이었는데, 그게 다 힘과 민첩, 체력, 맷집, 인내력으로 바뀌었다.

"괜찮군."

위드의 목소리도 바뀌어서, 낮게 깔리면서도 쩌렁쩌렁 울렸다.

재단용 천을 걷고 나니 사람들은 아이스 트롤의 조각품이 둘로 늘어난 줄 알고 깜짝 놀랐다.

하지만 새로 생긴 아이스 트롤은 정말 몸이 눈처럼 하얀색이었으며 움직이기까지 했다.

조각 변신술에 대한 비밀이 다소 밝혀지는 부분이었지만, 어차피 스킬을 배우지 못하는 이상 남들이 쓰지는 못한다.

위드는 사자후도 이제 마나가 아깝고 실패할까 봐 사용하지 못하고, 대신 크게 고함을 질렀다.

"내가 위드다!"
"우와아아아아아아아!"

수르카는 세라보그 성의 소식을 듣고 다른 동료들과 안절부절못하며 걱정하고 있었다.

"위드 님이 잘못되면 어떻게 하죠? 가뜩이나 안 그래도 위드 님에게는 적도 많은데요."

로열 로드에서는 잘나가는 사람의 등 뒤에서 칼을 꽂고 던전에서 기습을 가하는 정도는 흔히 벌어지는 일이었다.

헤르메스 길드가 공개적으로 노리는 지금, 엠비뉴 교단에서 포위한 성 안에 갇혀 있다니!

이보다 더 끔찍한 상황이 또 있을까 싶었다.

페일이 그녀를 다독거렸다.

"위드 님이라면 어디서든 무사히 빠져나오실 분이니까 너무 걱정하지 마. 일부러 죽이려고 해도 죽을 분이 아니야."

"하긴 그렇죠. 잡초가 뽑는다고 사라지는 것도 아니고, 바퀴벌레가 약을 뿌린다고 죽지도 않고요."

"그럼. 그렇지."

위드라면 충분히 무사할 수 있으리라.

지옥의 불구덩이에서도 온천 개발로 한밑천 잡아 올 사람!

모라타의 선술집에서 동료들과 함께 그에 대한 방송을 지켜보고 있었다. 엠비뉴 교단의 공세가 대단하였지만, 어떤 수단을 쓰든 위드라면 잘 빠져나올 수 있을 거라고 믿었다.

하지만 누군가가 조각품을 만들고 있는 장면을 봤을 때부터 사람들의 안색이 변했다.

"설마 위드 님이……."

"아니겠죠?"

초보자들이 있는 장소에서 조각품을 만들고 있는 사람이라니!

"보통 때의 위드 님이라면 상상할 수 없는 일인데?"

초보자들에게는 바가지도 씌우기 어렵다면서 자주 푸념하던 위드였다. 그 기억을 선명하게 가지고 있건만, 정말 위드가 초보자들을 위하여 남은 걸까?

화면에서 위드가 아이스 트롤이 되어서 외쳤다.

"내가 위드다!"

그 순간 세라보그 성의 광장에 모여 있던 초보자와 유저들이 환호를 하는 모습이 방송에 나왔다.

"꺄아아아악!"

"위드 님이다. 위드 님이 로자임 왕국에 가 있다!"

"전쟁의 신 위드 님이 지금 방송에 출현했어."

모라타의 거리도 난리였다.

"위드 님이 언제 세라보그 성에 가셨던 거지?"

"과연! 약자들을 놔두고 도망치실 리가 없지. 이미 알고 있었다니까."

"어쩌면 엠비뉴 교단이 침공할 걸 알고 미리 가서 계셨던 건 아닐까? 사람들을 구하기 위해서 말이야."

"그래, 그럴 수도 있겠다."

"정말 괜히 위드 님이 아니라니까."

위드에 대해 다시금 콩깍지가 씌워지게 된 모라타의 유저들!

페일과 제피, 마판조차도 마음이 흔들렸다.

'정말 그런 걸까?'

'위드 님이 알고 보면 굉장히 마음도 여리고 착한 사람이었는데 내가 몰랐던 것이었나.'

'나보다도 돈을 더 많이 밝히는 줄 알았는데. 그런 겉모습은 위장일 뿐이고 사람들을 아끼고 지켜 주려는 의도를 가졌을지도.'

자주 만나서 이제 위드에 대해서는 알 만큼 알고 더 속을 것도 없다고 여겼던 측근들조차도 흔들릴 정도였으니 모라타의 유저들은 말할 필요도 없다.

모라타의 모든 발전은 위드로부터 시작된 거나 마찬가지였고, 유저들을 위한 무수히 많은 정책들이 진행됐다. 아무리 그의 직업이 조각사라고 해도, 문화 예술 분야에 누가 그처럼 거액을 투자할 수 있겠는가!

'통 큰 위드 님이니까 하실 수 있는 일이지.'

'자기 재물을 아끼지 않고 기부해서 모라타를 기초부터 발전시켰어. 다른 영주들은 세금이나 챙기기 바쁜데 말이야.'

모라타의 각종 결과물을 보면 위드에 대해 감탄하지 않을 수가 없다.

"세상에 어떻게 이런 의로운 분이……."

"베르사 대륙이 아직 어둠에 잠기지 않은 이유가 바로 위드 님 같은 분이 있기 때문이야."

"풀죽! 풀죽!"

위드는 광장의 사람들 중에 레벨 300이 넘는 유저들을 불러 모았다. 현재의 전력으로 엠비뉴 교단과 싸우는 건 확실한 자살 방법이었기에 빠져나갈 곳을 찾아야 했다.

"남쪽으로 가는 건 어떻겠습니까. 그쪽으로 많이 몰렸으니 같이 포위망을 돌파하면 될 것 같은데요."

"서쪽은 엠비뉴 교단의 무리가 조금 적습니다. 마물들만 피하면 달아날 수 있을 것 같아요."

차마 떠나지 못했던 고레벨 유저들이지만, 살 수 있다는 희망이 보이자 자신들의 의견을 열심히 말했다.

위드는 회의적이었다.

"남쪽이든 서쪽이든 위험합니다. 다른 세력들의 입장에서는 숫자만 많고 거추장스러운 우리를 끼워 줄 리가 없습니다."

"그들이 먼저 열어 놓은 길을 따라가면요?"

"그들을 쫓아가던 몬스터들에게 우리가 대신 표적이 되겠죠. 우리는 사람이 많으니 이동속도도 느리고, 몬스터들로부터 모두를 지키기도 힘이 듭니다."

유저들은 많았지만 정작 사람들을 보호하면서 몬스터들과 잘 싸울 수 있을 정도의 실력자는 적었다. 마물들이 뛰어 들어와서 휫젓고 다닌다면 어마어마한 피해가 생길 것이다.

많은 사람의 목숨이 걸린 일이라서 누구도 쉽게 결정하지 못하고 위드의 의견을 따르려고 했다.

설혹 이곳에 있는 모두가 살지 못하고 죽더라도, 위드가 그들을 살리려고 노력했다는 것만으로도 마음의 위로를 얻었다.

그때 서윤이 위드에게 귓속말을 보냈다.

-성 밖으로 나갈 수 있는 비밀 통로가 있어요.

-비밀 통로?

-왕궁에서 이용하는 비밀 통로예요. 저도 가 본 적은 없지만, 얼마 전에 어떤 기사에게서 이걸 얻었어요.

서윤은 그에게 한 장의 지도를 건네주었다.

- 로자임 왕성의 비밀 대피로 지도를 습득하셨습니다.

위드가 서둘러서 살펴보니 로자임 왕국에 비상사태가 발생했을 때 왕족들이 대피하는 통로가 나와 있었다.

-이 지도는 어떻게 얻었어?

-살인자 상태가 되고 나서 별의 궁전으로 가는데 왕실 기사들이 덤벼들기에 그만 죽이고 얻었어요.

-…….

보통 왕실 기사가 덤벼든다고 때려죽이는 경우란 지극히 드물지 않던가. 그것도 지도를 얻을 수 있을 정도로 여러 명을 한꺼번에!

과정이야 어찌 되었건 지금은 꼭 필요한 지도이기는 했다.

'왕성에서 세라보그 성을 나갈 수 있는 통로로군. 탈출구는 여섯 군데나 되고.'

왕이나 왕족들의 대피 통로이니만큼 출구가 여럿인 것 같았다.

'문제는 세라보그 성에서 그다지 먼 곳까지 이어진 건 아니라는 점인데…….'

탈출구를 빠져나가더라도 엠비뉴의 군대에 의해서 발견될

수 있는 거리였다. 하지만 당장 급한 건 갇혀 있는 성에서 빠져나가는 일.

위드는 절망에 빠져 있는 유저들에게 희망부터 주기로 했다.

"로자임 왕성에 있는 비밀 통로를 통해 세라보그 성을 빠져나가겠습니다."

희박한 생존 가능성이라고 해도 뭔가 있어 보이는 말을 하면 사람들이 따르리라고 믿었다.

몇몇 유저들을 통해 군중에게 그 사실이 전달되었다.

"위드 님이 우리를 몽땅 살려 주신대!"

"그게 무슨 말이야?"

"왕성의 비밀 통로를 통해서 빠져나간다네!"

"처음부터 믿고 있었다니까. 위드 님이니까 우릴 살려 주실 줄 알았어."

"아, 위드 님이 오셨는데 대체 뭘 걱정하고 있어. 괜히 위드 님이야? 전쟁의 신이잖아!"

위드를 철석같이 믿는 군중.

보통 수만 명의 목숨이 걸린 중대한 일인 경우에는 의견 대립이나 논쟁이 벌어지기도 하지만, 모두가 위드를 따라오기로 했다.

세라보그 성의 주민들은 셀리나의 퀘스트를 통해 이미 행동을 같이하기로 결정했다.

"그럼 갑시다."

위드가 서윤과 다른 강한 유저들과 앞장서며 왕성으로 달렸다.

"우와, 출발이다."

"가자!"

광장에 몰려 있던 유저들이 다 같이 왕성으로 내달렸다.

민란이 벌어졌다고 여겨도 과언이 아닌 상황이었다.

"형, 지금 어디로 가는 거야?"

"위드 님이 살려 주신대. 우리는 따라가기만 하면 돼."

광장의 유저들이 일제히 달려갔으며, 세라보그 성의 주민들까지 따라왔다.

왕성의 입구에는 늘 경비병들이 서 있었지만, 지금은 엠비뉴 교단과의 전투에 동원되었다. 왕실 기사들도 보이지 않았는데, 국왕이나 왕족들을 안전한 장소로 빼돌리기 위해서 사라졌으리라.

"역시 먼저 도망쳤군!"

위드는 지도를 펴 놓고 바로 이동했다.

최근 별의 궁전에서 사냥을 하며 왕성에 자주 왔기에 방향을 잡기는 어렵지 않았다.

"입구도 여러 장소가 있는데, 가까운 장소로는……."

왕자, 공주가 머무르는 궁전마다 비밀 통로로 들어가는 입구가 있었다.

"셋째 왕자의 궁전으로 가서 들어갑시다."

"알겠습니다. 저희가 먼저 가서 확인해 보겠습니다."

위드가 결정을 내리니 함께 남은 고레벨 유저들과, 큰 세력에 속하지 못한 중소 길드의 유저들이 정찰을 자청했다.

그들에 의해 궁전에는 사람이 없으며, 값나가는 보물도 전혀 남아 있지 않다는 보고가 들어왔다.

"갑시다!"

왕성이 있는 지역에서 셋째 왕자의 궁전은 다소 작은 편이었다. 하지만 잘 가꿔진 정원과 예술품들이 몇 개는 되었다.

위드가 유저들을 끌고 가는 그 와중에도 확인해 본 바로는 비싼 예술품들은 모두 떼어 가 버렸다.

"이곳으로 들어가면 됩니다."

왕자의 침실의 벽장에 비밀 통로가 있었다.

탐험가의 직업을 가진 유저가 통로의 위치를 살펴보고 먼저 와서 문을 열어 둔 것이다.

"어서 들어갑시다."

던전, 왕성의 지하도에 들어오셨습니다.
혜택 : 명성 315 증가.
일주일간 경험치, 아이템 드롭률 2배.
첫 번째 사냥에서 해당 몬스터에게 나올 수 있는 것 중에 가장 좋은 물건 아이템이 떨어집니다.

"어라, 던전이네. 잠시만요. 제가 확인해 보겠습니다."
모험가 나달이 나서서 살펴봤다.
"던전 감정!"

> **던전 : 왕성의 지하도**
> 로자임 왕국의 왕족들이 유사시에 사용하기 위하여 만들어 놓은 지하 통로.
> 오랫동안 위험한 사건이 벌어지지 않아서 왕족들이 불륜을 저지르는 용도로 사용되었다.
> 넓은 지하도에는 언제부터인가 몬스터들이 들어와서 살게 되었으며, 통로에 쌓여 있는 비상식량들을 먹으면서 상당히 많이 번식하고 있음.
> **난이도** : 매우 높음.
> **던전의 규모** : 거대함.

특정 지역에 대한 역사서를 읽어 보았거나 대화를 통해 얻은 정보가 일정 수준에 도달하면 사용할 수 있는 던전 감정 스킬!

모험가라서 여러 가지를 알아보기에 훨씬 편했다.

"이런, 몬스터들이 있다고 하는데요. 난이도를 감안하면 레벨 300 중반의 몬스터들 같습니다."

모험가는 걱정하며 말했다.

그렇지 않아도 위드에게 경고를 해 주는 무리가 있었다.

던전에 들어오고 나서 나타난, 반딧불처럼 빛나는 페어리 떼.

― 여왕님이 보내서 왔어요.
― 여긴 위험해요. 이쪽은 위험해요.
― 그래도 위드 님이라면 충분히 헤쳐 나가실 수 있을 것 같아요. 꺄악, 너무 멋진 아이스 트롤이다. 사랑스러워.
― 이 길로 가면 될 거 같은데… 이쪽 방향이 아닌가아?
페어리들이 날아다니면서 위드에게 말을 걸고 있었다.
페어리들은 선한 사람만 볼 수 있으며, 원하면 정령술사들에게서도 모습을 감출 수 있다.
위드의 성향이 자주 오락가락하였지만 지금은 좋은 쪽에 속해 있었고, 페어리 여왕의 의뢰도 받아 놓은 상태라서 도와준다며 나타난 것이었다.

TO BE CONTINUED

꿈의 도약, 로크에서 하십시오
(주)로크미디어에서 신인 작가를 모십니다

즐거운 세상, 로크미디어는 꿈을 사랑하고 도전을 두려워하지 않는 작가 분들의 참신한 작품을 기다리고 있습니다. 21세기 장르 문학계를 이끌어 갈 차세대 선두 주자 (주)로크미디어에서 여러분의 나래를 활짝 펴 보시길 바랍니다.

모집 분야   판타지와 무협을 포함한 장르 문학
모집 대상   아마추어 작가, 인터넷 작가
모집 기한   수시 모집
작품 접수 시 유의 사항
   1. 파일명은 작가명_작품명.hwp형식을 갖춰 주십시오.
   1. 파일에 들어갈 내용은 다음과 같습니다.
       - 성명(필명인 경우 실명을 밝혀 주세요), 연락처, 이메일 주소.
       - 제목, 기획 의도.
       - A4용지 1장 분량의 등장인물 소개.
       - A4용지 2장 분량의 전체 줄거리.
       - 본문.
   1. 작품이 인터넷에 연재되고 있다면, 게시판명과 사이트의 구체적이고 정확한 주소를 기재해 주십시오.

선택된 작품은 정식 계약 후 출판물로 간행되어 전국 서점에 유통됩니다.
작가 분은 (주)로크미디어의 전폭적인 지원하에 전속 작가로 활동하시게 됩니다.
※ 자세한 내용은 로크미디어 홈페이지(rokmedia.com)를 참조하세요.

(140-133)서울시 용산구 청파동 3가 119-2 진여원빌딩 5층
(주)로크미디어 편집부 신간 기획 담당자 앞
전화 : 02-3273-5135
www.rokmedia.com   이메일 : rokmedia@empal.com